愛されない王妃は、お飾りでいたい

C T E R S
クリフォード
アイザルシア国の
若き国王で、クロアの結婚相手。
彼女の悪評を聞き、
当初はかなり身構えていたが、
ルィードから報告されるクロアの
楽しそうな日常に、
日々驚いている。
クロア
イグルス国の公爵令嬢。
小説の世界に悪役令嬢として
転生し、ストーリーどおり
婚約破棄されて敗戦国である
アイザルシアに嫁がされることに。
食べることが大好き。

CHARA
サナ
イグルス国の聖女。
ダリウスと婚約しているが、
何やら思い悩むことが
あるらしく……
ダリウス
イグルス国の第二王子で、
クロアの元婚約者。
クロアとの婚約破棄後、
聖女であるサナと婚約する。
ルィード
アイザルシア国の
王家の影で、
クロアの監視兼護衛。
勤務中の休憩時間は
しっかり取る主義。
カミラ
クロアの侍女。
クロアに対して
冷淡に振る舞うが、
仕事は丁寧。

目次

愛されない王妃は、お飾りでいたい

プロローグ

お飾り王妃

初夜。

戦勝国から厄介払いのような形で敗戦国へ嫁がされた私に、とてもお顔が整った旦那様は言った。

「私が君を愛することは、ない——。初夜だろうと君を抱くつもりはない」

見ているだけで底冷えするような、冷たい瞳だった。

「かしこまりました」

私が深く腰を折ると、旦那様は鼻を鳴らして、寝室から出ていった。

それを見届けてからベッドに転がり、枕に口を押し付けて叫ぶ。

「イエーイ、これで自由の身だわ!!」

——そう、これで物語は終わったのだ。

私、クロア・サーランド。いえ、今は、結婚したからクロア・アイザルシアなのだっけ——とにかく私には前世の記憶がある。

その記憶によると、この世界は前世で読んだロマンス小説の世界にそっくりだった。

小説の内容はありきたりで、平民と王子の恋物語だ。そして私は、そんな二人の恋のスパイス、つまり悪役だった。

ロマンス小説の中の私は、それはもう性格が悪かった。実家の権力で第二王子であるダリウス殿下の婚約者に収まったのをいいことに、やりたい放題。高圧的な態度で、周囲からも恐れられていた。

そして、ヒロインである平民サナが現れてからは、第二王子の婚約者の座を奪われまいと、サナを徹底的にいじめ倒すのだ！　けれど、のちにサナが特別な魔力を持つ聖女であることが判明。私は聖女を虐《しいた》げた罪で国外追放される。

そんな悪役令嬢のクロアに転生したと気づいたのは、五歳のとき。

ロマンス小説では国外追放の上、つい先頃まで戦争をしていた相手――敗戦国のお飾りの王妃になる。そんなのはごめんだと色々手を尽くそうとした。

けれど、物語どおりに進行しないことを、世界は許さなかった。

私が何をしても、していなくても、強制的に物語は進行し、ついに私は敗戦国に嫁ぐという名目で国外追放処分を受けた。

ロマンス小説は、私が敗戦国であるアイザルシアに嫁ぎ、旦那様――つまりアイザルシア王であるクリフォード・アイザルシアに「お前を愛することはない」と言われるという、ざまぁのシーンで終わる。

つまり、これで物語は終わった。

ここから、やっと私自身の物語が始まる。

それにしても。

「最高の気分だわ！」

まさか、旦那様が初夜すら抱くつもりがないと言うとは予想外だった。

つまり、貴族の義務である、愛してもいない人の子供を産む、ということを果たす必要がないのだ！

「イエーイ‼」

なんて、なんて自由なんだ。

王子の婚約者なのだから、と何かにつけて小言を言ってきた家庭教師ももういない。

私は満足感に浸りながら、目を閉じた。

第一章

お飾り王妃の日常

小鳥の囀《さえず》りが聞こえる。

「ん、んん……」

目を覚まし、ふわぁ、とひとつ大きな欠伸《あくび》をする。

うーん、今日もいい天気ね。

私が身支度を整えていると、侍女のカミラがやってきた。

「おはようございます、王妃様」

「おはよう」

カミラは丁寧に支度を手伝ってくれるけれど、その視線は冷たい。まぁ、当然ね。私は隣国の第二王子のお下がりだ。それに旦那様の様子からして、私が悪女だという噂もこの国に届いているのだろう。

「陛下から、公務をする必要は一切ないので好きにせよ、と言付かっております」

思わず心の中でガッツポーズをする。

子供を産むという、一番の公務を放棄してもいいと言われたのだ。他の公務もしなくていいんじゃないかと予想はしていたけれど、はっきり言われるとめちゃくちゃ嬉しい。

「わかったわ」

朝食をとり、これから何をするか、考える。旦那様から働かなくていいとのお言葉を賜《たまわ》った私は、朝から二度寝するなんてこともできちゃうのだ！

二度寝しても誰にも叱られない。

なんて、楽園！

……とはいえ寝て一日を過ごし続けるのも、数日は楽しくても、ずっとは退屈よね。

何か退屈を紛らわせることがほしい。

「ねぇ、お願いがあるのだけれど——」

動きやすい簡素な服を用意してもらい、それに着替える。長い髪は結って帽子の中に押し込んだ。

カミラはすでに下がっている。

「よし、やるわよ」

私は深呼吸し、自室の窓から木をつたって脱出した。

こそこそと隠れながら、城を出たものの——

「……ふーん、なるほど」

一応戦勝国からよこされた王妃が、こんな簡単に城を抜け出せるはずがない。それができた。つまり、この国は『私』という存在がどうなろうと、まるで興味がないということだ。大方、死んだら、病死ということになるのだろう。

……何はともあれ。

「よし」

せっかく始まった私の人生。

目一杯楽しもう。

街に出た私は、侍女に用意してもらった小銭を使って、買い物をすることにした。

「……なるほど」

街は全くといっていいほど荒れていなかった。まあ、そもそも戦争といってもそれほど規模の大きいものではなかったしね。

屋台で好きな肉串を買って、食べ歩きする。

「うーん、美味しーい！」

公爵家の令嬢としてこんなはしたないこと、今まで許されなかった。けれど今の私は、なんだってできちゃうのだ！　なんといってもニートだからね!!

「次は、何をしようかな」

適当に食べながら歩いていると、子供に話しかけられた。

「ねぇ、おにーさん、ひま？」

お姉さんではなく？　と一瞬思ったけれど、今の私は長い髪を帽子に押し込んでいる。だから、少年に見えなくもないのかもしれない。

「ひまだよ」

ニートだからね！　時間は無限にあるといってもいい。

私が頷くと、子供は私を引っ張った。

「だったら、一緒に遊んでほしいの」

「もちろん！」

第二王子であるダリウス殿下の婚約者となってからは、遊ぶ時間なんてほとんどなかった。だから、なんだかわくわくする。

――子供に連れていかれたのは、孤児院だった。

孤児院では、私以上に簡素な服を着た幼い子供たちが、じっと私を見つめている。

「何して遊ぶの？」

私を連れてきた子供――名前は、カイというらしい――に話しかけると、カイは考え込んだあと、かけっこ！　と叫んだ。

途端に子供たちの顔がきらきらと輝く。

「……かけっこしたーい！」

「おにーさんは、足、速い？」

「まぁ、どうせ僕が一番だけど……」

様々な反応を見せる子供たちに微笑んで、手を空に掲げた。

「よーし、じゃあ、あっちの木まで、競争だ！　いくよー、よーい、ドン！」

私の合図で、子供たちが一斉に駆け出していく。

私も後ろから子供たちを追いかけた。


「んー、よく遊んだぁ」

久しぶりのかけっこはとっても面白かった。第二王子の婚約者として、走ることははしたないと家庭教師に言われていた。でも、私は身体を動かすことが大好きで、本当はずっとこうやって駆け回りたかった。だから——本当に嬉しい。

「遊んでくれてありがとう！」

「おにーさん、走るの速すぎ」

「ううん、こちらこそ——」

ありがとう、と言おうとした言葉は、どこかから聞こえた声によって遮《さえぎ》られた。

『クロア……』

「っ⁉」

今にも泣き出しそうに私を呼ぶその声は——かつて焦《こ》がれた、あなたの……

「おにーさん、不思議な顔してどうしたの？」

「う、ううん。なんでもないよ。空耳だったみたい」

あたりを見回しても、誰もいなかった。当然だ。あなたが私の名前を呼ぶ声を聞く日は、もう二度と来ないのだから。

私は子供たちに向き直ると、明日の約束をした。


暗くなる前に王城に戻る。やっぱり、警備は意図的としか考えられないほど手薄で、あっさり城内に入り込めたし、自室にも戻れた。

侍女のカミラを呼び出し、お風呂の支度をしてもらう。

今朝用意してもらった簡素な服は泥だらけになっていたけれど、カミラは何も言わなかった。

……やっぱり、私のことなんてどうでもいいんだわ。

しみじみそう感じながらお湯に浸かる。そんなどうでもいい私なのに、こうやってお風呂を準備してもらえるのだから、王妃という職業はありがたいものだ。

公務はひとつもしてないけど！

温かなお湯でじんわりと身を解しながら、一日の疲れを落とした。

ふぅー、気持ちよかった。

それにしても今日は、子供たちのおかげで充実した一日だったなぁ。お風呂から上がり、髪を乾かしてから、ベッドにダイブする。柔らかな布団は私を優しく包み込んだ。

「はー」

ふかふかなお布団に乗っていると眠くなってくる。

でも、ちゃんとお布団を被らないと風邪を引いてしまう。そう、頭ではわかっているのに動きたくない。身体がこのまま眠ってしまいたいと主張する。

微睡《まどろ》む心地よさに、このまま眠ってしまおうか、そう思ったとき――

『……クロアぁ』

子供たちと遊んだときに聞こえた声が、再び聞こえた。

「っ！」

思わずがばりと身体を起こす。目は完全に覚めていた。

でも、まだ消していない灯りがゆらゆらと揺れるだけで当然のことながら、その声の主はいない。

「……私、らしくないわね」

過去を振り返っても仕方ないと知っている。だから、振り返らずにすむように、私は強くなりたい。この国に来るときに、そう決めたのに。

頭を振って幻聴を追い出すと、今度こそ灯りを消して、お布団を被った。

今日食べた肉串、とっても美味しかったなぁ。アイザルシアの料理はまだそんなに食べてない。でも、結婚式などを通してこの短期間でわかったことは、とんでもなく美味しいということだ。果物も美味しかった。デザートに食べたリンゴが甘くて瑞々しくて最高だったのよね。あとは、量がもっと多ければ言うことなしなんだけどな……

特に、お肉料理は、もっとお肉をたくさん使ってほしい！

食べ物のことを考えていたら、お腹が空いてきちゃったわ。明日は、小腹が空いたとき用に城下で何か買って帰ろうかな……

さすが美食の国だけあって、色んな種類の料理があるから、何を食べるか迷うわね。

明日も子供たちとまた遊ぶ約束をしたし、とりあえずは、それを果たさなきゃ。何をして遊ぼうかな。

つらつらと考えているうちに、再び眠くなってきた。心地良く押し寄せる睡魔の波に攫《さら》われるようにして、私は意識を手放した。

◇◇◇

「……は？」

影――王家直属の秘密部隊の報告に思わず、瞬《まばた》きをする。

「……ですから王妃様は、簡素な服に着替えられたあと城を抜け出し、肉串三本、リンゴ一個を食べたあと、孤児たちに連れられて、泥だらけになるまで遊んでおいででした」

先程と同じ報告が繰り返される。聞き間違いかと思ったのだが。

「彼女は、間違いなく、隣国の――公爵令嬢だったはずだが……」

それも隣国――イグルス国の第二王子の現婚約者である平民の娘を、苛烈にいじめた。

その噂は私たちの国にも届くほどだった。

けれど、話に聞いていた悪辣《あくらつ》な令嬢と、今報告された彼女の姿が一致しない。

彼女は身分至上主義で、平民というだけで人を馬鹿にし、いじめるような人間だと思っていたが、違うのか……？

いや、子供に甘いだけなのかもしれない。

でも、平民を貶《おとし》めるような人間が、平民と同じ服装をして一緒に遊ぶだろうか……？

疑問は尽きないが、私には関係のないことだと思い直し、影に引き続き彼女を探るようにと命じた。

◇◇◇

「んん……ふわぁぁ」

昨日は、子供たちと遊んだおかげでぐっすり眠れた。

やっぱり、ニートといえども、適切な運動は必要よね。

「……さて、今日は何をしようかしら」

朝食を食べ、服を着替えて街に出る。

子供たちとの約束の時間までまだあるので、ぶらぶらと歩いていると、ふと、あるお店が目に留まった。

そのお店は、大衆向けのレストランだ。店の前に出ていた看板によると、制限時間以内に、ステーキ（特大サイズ）を食べきれれば、料金が無料になるみたい。そして、食べきれなければ、ステーキの正規料金を支払うというルールらしい。

……なるほど、大食い勝負ってわけね。

――かつて、言われた言葉が蘇《よみがえ》る。

『あなたは、将来第二王子妃になるのです。たくさん食べるなんてはしたない真似が許されないこと、わかりますね？』

そう言って、眼鏡をくい、と押し上げた家庭教師。

目の前に美味しそうな料理が並んでいるのに、少量を口にしただけで我慢するなんて、耐えられなかった。でも……耐えるしかなかった。

決められた量以上の食事に手を出そうとすると、鞭《むち》が飛んできたから。

「なーんてね。今の私は、ただのニートだもの」

あれ、でも職業は第二王子妃よりも責任のある王妃なんだっけ。

まぁ、公務なんてひとつもしてないんですけどね！

いいのよ、ニートの許可（？）はちゃんと旦那様から取ってるわけだし！

――そんなことより、今は目の前の挑戦に集中するべきね。

私は勢いよく店の扉を開いた。

「いらっしゃいませ」

店員さんに案内され、席に座る。窓側のいい席だ。

「ご注文は？」

「特大サイズのステーキをお願いします」

途端に、店員さんの顔つきが変わった。にこやかな表情から、挑戦者を値踏みする顔になる。

「ルールはご存知ですか？」

確認をしてくる。あとでルールを知らなかったと言われたら困るからでしょうね。

「はい、もちろん」

私は笑顔で頷き、店員さんを見つめ返した。

「……かしこまりました」

注文を厨房《ちゅうぼう》に伝えに店員さんが戻――らなかった。

その場で厨房《ちゅうぼう》に向かって叫ぶ。

「特大サイズステーキのご注文です！」

途端に周囲のお客さんの視線が私に向けられた。

「おいおい、あの細い身体にこの店の特大ステーキが入るのか？」

「少なくとも、常連じゃねぇな。俺は、食べきれないに今晩のメシ代を賭けるぜ」

「あっ、ずるいぞ。俺もそっちに賭けようと思ったのに！」

他にも様々な声が聞こえたけれど、そのどれもが私が食べきれない、と思っているものだった。

そんな周囲の声を聞きながら待っていると、やがて程よく焼けた肉の香りが鼻をくすぐった。

「おまたせしました」

……なるほどね。

テーブルに置かれたのは、大きく、そして分厚いステーキだった。もちろん、脂身もしっかりある。

普通の令嬢なら、一口で限界でしょうね。

そんなことを思いながら、ふと、視線をステーキから上げる。

店員さんの瞳に闘志の炎が揺らめいていた。

ステーキの大きさに絶対の自信がある——そう瞳が語っていた。

確かにこの大きさなら、その自信も納得だわ。

お腹に手を当てると、お腹の虫が鳴いた。

「……ふふ」

思わず笑みが漏れる。

こんなに大きなお肉を食べられるのは、いつぶりかしら。

——何はともあれ。

「いただきます！」

◇◇◇

「……は？」

思わず書類から顔を上げると、普段表情が読めない影が、困惑しているのが見てとれた。

「……ですから、今日の王妃様は朝食をとられたあと、服を着替えて街に出られました」

……そこまではいい。問題はそのあとだ。

「街に出られた王妃様は、制限時間以内に食べたら無料の肉の大食いに挑戦され――見事食べきりました」

どうやら聞き間違いではなかったようだ。

大食いをする元公爵令嬢で現王妃。私の知識不足かもしれないが、聞いたことがない。

それも、肉。

「ちなみに、私は完食は無理でした」

「……お前も挑戦したのか」

「はい」

休憩時間でしたので、としれっと言う影に、若干不安を覚えつつ続きを促《うなが》す。

「そのあとは？」

「昨日と同じで、孤児たちと楽しそうに遊んでいました。特に木登りがお好きのようで――」

「木登り!?」

結婚式での彼女を思い出す。あのすました顔は、到底木登りなどしそうに見えなかった。

「お前、本当にクロア・アイザルシアを探っているのか？」

「……とは？」

「影武者ではなく？」

そもそも、敗戦国に嫁ぐなど、あのプライドの高そうな令嬢が受け入れるだろうか。

私と結婚したところまでは本物のクロアで、そこから影武者に代わったというほうがよほど納得できる。

初夜に愛することはないと言ったときも、彼女は顔色ひとつ変えなかった。

「それはないかと」

「なぜ？」

「隣国のサーランド公爵家に代々受け継がれるという痣《あざ》がありましたから」

「……そうか」

我が国に来てからの彼女と、隣国にいたときの彼女。

どちらにせよ、伝聞でしか知らない彼女の本心を探るのは困難か。

「どちらへ？」

立ち上がった私に影が問う。

「王妃に会いに」


「……は？」

向かった王妃の部屋では、意外なことを侍女に言われた。思わず聞き返してしまった私に侍女が頭を下げる。

「王妃様はすでにお休みになっています」

……それが聞き間違いかと思ったのだが。

「まだ、夜の八時だぞ？」

「はい。先程お休みになりました」

食べて遊んで、満足して寝る。どこの子供だ！

「起こしましょうか？」

「いや……いい」

せっかく休んだのに、起こすのは気が引ける。

私が首を横に振ると、侍女はかしこまりましたと礼をして下がっていった。

◇◇◇

「んん……」

ひとつ大きな欠伸《あくび》をして、目を覚ました。

昨日もたくさん遊んだおかげでぐっすり眠れたわ。ニート最高！

朝の支度を整えていると、侍女のカミラがやってきた。

「おはようございます、王妃様。昨夜、陛下がいらっしゃいました」

王妃様がお眠りになっていることを知るとお帰りになりましたが、とカミラは続ける。

「陛下が？」

……いったいなんの用事だろう。公務はしなくてもいい……と言われたし。もしかしてニートに食わせるご飯はない！　とか？　それだとまずいわね。

むむ、と眉を寄せた私に、無表情でカミラは告げた。

「その代わりに今朝の朝食を共にとられるそうです」

「朝食を、一緒に……」

いったいどんな心境の変化かと思ったけれど、私は戦勝国からやってきた王妃だ。スパイ行為や謀略を企《たくら》んでいるのではないかと疑われているのかもしれない。

そんなことするほど祖国に未練も愛もない。けれど、疑われて処刑……なんていうのも困るわね。

「わかったわ」


食事の間に入ると、すでに旦那様は席に座っていた。

「お待たせしてしまい、申し訳ありません」

「いや、構わない」

旦那様と目が合う。神秘的な紫色の瞳は、やはり何かを探っているように感じた。

そして、朝食が始まる。

けれど、旦那様は、特に私に話しかけることなく、黙々と食事をとっていた。

なので、私も食事に集中することにする。

んー、この魚、美味しいわ。朝から魚が食べられるなんて贅沢よね。

昨日のように食事を味わい、退室した。

……あれ。

結局あれから一言も話さなかったけれど、良かったのかしら。

……まぁ、いっか。


美味しい朝食をとったあとは、簡素な服に着替えて街へ繰り出す。

今日も素敵な出来事が起こる予感がした。

「んーんん」

鼻歌を歌いながら、街を歩く。

昨日食べたお肉、すごく美味しかったのよね。今日もどこか大食いの店を探そうかしら。

そんなことを思っていると、また、昨日遊んだ子――カイに話しかけられた。

「ねーねー、おにーさん、今日も遊んでくれる？」

「もちろん」

◇◇◇

「……は？」

なんだって？　最近どうも、耳の調子がおかしい。

「王妃様は、今日も孤児と遊んでおいでででした」

そうだ、そこまではいい。問題はその次だ。

「今日は、ヒーローごっこをして遊んで、王妃様が悪役をしていたのですが……、途中で凄《すご》みが足りないと子供たちに指摘され、王妃様は理想の悪役になってくるわ！　と剣術道場に入られました」

「……けんじゅつどうじょう」

思わず、影が言った言葉を繰り返す。

一国の王妃が、剣術道場に入門するなど聞いたことがない。しかも、彼女が入門したのは、特に厳しいと評判の道場だった。確かにその道場なら凄《すご》みは手に入るかもしれないが……

「……それで？」

どうせ、元は公爵令嬢だ。軽い気持ちで入って、すぐにその厳しさに泣き帰ったに違いない。

「今日の鍛練を無事に終え……」

「終え!?　終えたのか!?」

「ええ、はい」

あっさりと影が頷く。

一瞬、その道場の師範に過去つけられた稽古《けいこ》を思い出し、顔をしかめる。

ま、まぁ、相手は令嬢だ。さすがに私がされたほど厳しい稽古《けいこ》ではなかったのだろう。

素振りなども、せいぜい一回や二回くらいで終わるような、生ぬるいモノに違いない。

そんな風に想像しながら、影に続きを促《うなが》す。

「それで？」

「大衆浴場で汗を流された王妃様は――」

「待て、大衆浴場だと？」

生ぬるいモノかもしれないとはいえ、無事に鍛練を終えたことも驚きだが、さらに聞き捨てならない内容に、影の言葉を止める。

「はい。……そうですが？」

平民と同じ湯に浸かる？　元公爵令嬢で、現王妃が？

「……あり得ない」

それがあり得るんですねー、と雑に返した影に続きを促《うなが》す。

「そのあとは、ケーキの大食いに挑戦なさり、見事完食し――」

「ケーキの大食い？」

「さすがにホールケーキは、きついですね」

ホールケーキを一人で完食したのか。甘党なのかもしれない。

「しかし、王妃様にいい食べっぷりだったとお褒《ほ》めにあずかりました」

「……は？　おい、待て」

「いかがしました？」

影はしれっとした顔で、首をかしげる。

「お前も挑戦したのか？」

「休憩時間でしたので」

「しかも、王妃と知り合ったのか？」

「休憩時間でしたので」

……影としては優秀なはずだが、休憩に貪欲すぎるところがあるな。

「……ところで、お前の所見としては？」

王妃はどう映るのか。

「笑顔がとても素敵ですね」

「笑顔を見たのか⁉　……そうじゃなくて」

影は、それはもう素敵ですよ、と続けたあと言った。

「スパイである可能性は低いかと」

「……そう、だろうな」

単に厄介払いされただけの説が濃厚か。だが、しかし、油断はできない。

「引き続き、探りますね」

「……ああ」

歌と後悔

翌朝。

「ふわぁあ」

大きな欠伸《あくび》をして、目を覚ます。

昨日は身体をたくさん動かしたから、ぐっすり眠れたわ。剣術道場の師範はいつでも来ていいと言ってくれたので、子供たちにとっての理想の悪役になるため、今後も通おうと思う。

今日も面白いことが起きるといいな。

そう、思いながら朝の支度を整えた。

◇◇◇

「今日の報告を」

「午前中は、街の剣術道場で過ごされました」

……また、剣術道場に行ったのか。

怪我をしないといいが。

「そのあとは、大衆浴場で汗を流され――今日は香辛料たっぷりの激辛料理の大食いに挑戦なさいました。見事制限以内に食べ終わり、満足げなお顔で店を出られました」

「激辛料理」

てっきり甘党かと思っていたが、彼女は辛いものもいける口らしい。

「思わずむせるほど辛かったですが、むせると王妃様がお水をくださったので――」

「……は？　おい、待て」

「なんでしょう？」

痛む頭を押さえながら、影に尋ねる。

「なぜ、お前まで挑戦してるんだ？」

「休憩時間でしたので」

しれっとした顔で返されるのは、いつもどおりの回答だった。

「しかも、王妃に水をもらっただと？」

「お優しいですよね、王妃様」

確実に仲良くなっている……

「そのあとは？」

「子供たちと遊んで――、そのあと子供たちにせがまれて歌を歌っていらっしゃいました」

「歌？」

はい、と影が頷く。

「どんな歌だった？」

彼女がどんな歌を歌うのか、興味が湧いた。

「聞いたことがない言語の歌でした」

「聞いたことがない言語……」

影はその仕事柄、何ヵ国語も身につけている。その影が聞いたことがない言語だと？

「美しく、柔らかい響きの歌でした」

「……そうか」

気にかかるものの、わからないものは仕方ない。

影に引き続き探るようにと指示を出した。

◇◇◇

剣術道場で鍛練し、大衆浴場で汗を流したあと、鼻歌を歌いながら、街を歩く。

今日はなんの大食いに挑戦しようかしら。

甘いものも、辛いものも食べたし、次は塩辛いものもいいわね。

そんなことを考えながら、お店に入る。

今日は、パスタの大食いに挑戦することにした。

「うーん、すっごく美味しい！」

制限時間内に食べ終わらないと無料にならないとはいえ、せっかくの料理なので味わって食べる。

そのとき、また新たなる挑戦者が入ってきた。

「魚介パスタ、特盛で」

無表情にそう言ったのは、最近よく見る人だった。その顔はとても整っているはずなのに、なぜか印象に残らない。でも、さすがに四度目ともなると、見覚えがある。

黙々と食べる彼の食事姿は、見ていて気持ちがいい。……けれど、いつもぎりぎり間に合わないのよね。

「頑張ってくださいね」

余計なお世話だろうと思いつつも、声をかける。

すると、彼は破顔した。

◇◇◇

「今日の報告は？」

「はい。王妃様は、まずは剣術道場で鍛練し、大衆浴場で汗を流されました」

「……いつもどおりだな」

もう、その程度では驚かない。だが、怪我をしないかが心配だな。

「……はい。それで――」

「今日はなんの大食いに挑戦したんだ？」

「魚介パスタです。王妃様に頑張ってね、とお声がけをいただいたので、私も完食できました」

「……は？」

護衛兼監視対象と確実に仲良くなっている影に頭が痛い。

「休憩時間でしたので」

「ああ、そうだな。休憩時間なら……」

仕方……ないのか？

「そのあとは？」

「子供たちと紐を使って遊ばれました」

「紐？」

紐を使った遊びなど、縄跳び以外想像できない。

「はい。こう、手と手に紐をひっかけて色々な形を作る遊びです」

「……そうか」

少しだけ楽しそうだと思ってしまった。

「そのあとは、縄跳びの三重跳びに挑戦され――」

「三重跳び」

意外と難しいよな、三重跳び。私は縄跳びで二と三には大きな隔たりがあると知った。

「はい。見事成功されて、子供たちのヒーローになっておいでしたね」

……なるほど。

報告を聞き終え、影に引き続き探るようにと言おうとしてやめる。

「陛下？」

「……わかった。次は、私が監視しよう」

◇◇◇

今日も今日とて、剣術道場で鍛練し、大衆浴場で汗を流した。

剣を持つ手も覚束なかった最初に比べれば、大分しっかりしてきたと思う。手の皮も少しずつだけれど硬くなってきた。

これは子供たちの理想の悪役になるのも近い……かしら。

上機嫌で街を散策し、一軒のお店のポスターに目を留めた。

そうね、今日はポテトを食べよう。

カラン、とベルを鳴らして入店し、店主に注文する。

「ポテトの特盛、スパイスましましで」

「あいよ！」

このお店はスパイスがましましの状態で食べないと無料にならないらしい。

まぁ、私は甘いのも辛いのもいける口だから、大丈夫だけれど。

「いただきます」

私があげたてのポテトを頬張っていると、男性が入店してきた。

このところよく会う男性とは違う人だ。

……どこか見覚えのある顔に首をかしげる。

誰かしら？　どこかで出会ったっけ。

記憶を手繰《たぐ》り寄せるけれど、うーん、思い出せないわ。まぁ、思い出せないってことは、私にとって重要な相手ではないということだろう。

私は、再び目の前のポテトに集中し――

「げほっ、ごほっ」

盛大にむせる音に、視線を横に向ける。

見覚えがあると思った人だ。

彼もどうやらスパイスましましで特盛ポテトの大食いに挑戦しているようだった。

しかし、その残量を見るに、完食は難しそうだ。

「お水、飲みますか？」

私がすっと、新たについだ水を差し出すと、彼は顔を上げた。そして、意外そうな表情になる。

「ありがとう。……優しいんだな」

やっぱりその声は聞き覚えがある気がするのだけれど、誰だかわからない。

「いいえ。お互い頑張りましょうね」

……と言いつつ、席に戻る。

今日のポテトもめちゃくちゃ美味しかったわ！

見事ポテトを完食した私は、上機嫌で店を出た。

そのあとは、昨日子供たちに好評だったあやとりを一緒にして遊んだ。

◇◇◇

自室に戻り変装を解き、影と話す。

「――というか剣術道場では普通にきつい鍛錬だったんだが!?」

誰だ、彼女が生ぬるい鍛錬しかしてないとかいったの。……私だな。

そして、そのあとに食べる激辛ポテト。

「……胃が痛い」

腹をさすると、影がまぁ、そうでしょうね、と冷たく返した。

「いきなりスパイスましましなんて頼むからですよ」

「お前、私に対する扱いが雑になってないか？」

私はお前の主《あるじ》なのだが!?

と思いつつも、まぁ、影の仕事を取ったしな、と納得する。

「それで、完食はできたんですか？」

「制限時間内には無理だった」

食べ物を無駄にするまいと、なんとか胃にはおさめたが、あまりいい食べ方ではなかったと思う。

彼女は、とても美味しそうに食べていたが。

「だが、王妃がお水と励ましの言葉をくれた」

得意げな顔をした私に、よかったですねーと雑に返し、影が問いかけてくる。

「それで陛下は、王妃様をどう思われましたか？」

そう聞かれると……

「子供と遊ぶ姿はとても楽しそうだった。それに、平民に対する態度も悪くない」

帰り際に、店主にごちそうさま、美味しかったと言っていた。

見下している相手にそんなことは普通言わないだろう。

「やはり、隣国での出来事を調べる必要があるな。探ってくれるか？」

「はい。すでに部下に任せております」

さすが、優秀な影だ。

「……というわけで、私は護衛のために明日も王妃様につきますね」

「お前、楽しそうだな？」

「王妃様のファンなので」

ファン……だと!?

「王妃様の疑いはほぼ晴れたので、監視は必要ないでしょう？」

「まあ……そうだな」

彼女が我々の行動に気づいて、演技をしている可能性もあるが……そうは思えなかった。

頷くと、影は消えた。私は、彼女と初めて出会った日のことを思い出す。


戦勝国から送られてくる王妃。それだけでも印象は良くないのに、平民をいじめた悪辣《あくらつ》な令嬢と聞いている。私の中の、クロア・サーランドの印象は最悪だった。

今にして思えば隣国の言葉をなぜそうも鵜呑《うの》みにしたのか我ながら不思議だが、私は彼女を悪辣《あくらつ》な人間だと決めきっていた。

『お初にお目にかかります。アイザルシア王』

豊かな金糸の髪に、透き通った水面のような瞳。そして静かでいながら凛《りん》とした声。

――とても、美しいと思った。

けれど、同時に不信感が湧き起こる。

恵まれた立場にいながらなぜ、人を貶《おとし》めたのだと。

結婚式は、粛々《しゅくしゅく》とおこなわれた。

元敵国から来た彼女に向けられる視線は冷たい。

それでも彼女はそれを全く意に介した様子もなく、まっすぐ前を向いていた。

萎縮《いしゅく》してほしいわけではない。それなのに、その凛《りん》とした姿になぜか苛立ちを覚えた。

おざなりな愛の誓いを終えたあと、少量の料理がたくさん運ばれてくる。

それを見て彼女が一瞬不満げに顔をしかめた。

……なるほど。

彼女は、我が国の料理が気に入らないらしい。

今にして思えば、彼女は料理が気に入らなかったのではなく、量が気に入らなかったのだと想像できるが。

とにかく、私は彼女のやることなすことを悪く捉えていた。

「私が君を愛することは、ない——。初夜だろうと君を抱くつもりはない」

初夜。言いきったあと、なぜか身体が軽くなる。そう、言わなければいけない気がしていた。そしてそれは果たされた。

だから、これでいいのだと。

けれど、身体が軽くなると同時に、激しい後悔にも襲われた。

こんなにひどい態度をとっていいのだろうか。

彼女が悪辣《あくらつ》な人間だとしても、この国の王妃になったのは事実だ。改心する機会も与えず、ただ、自分の感情のままに切り捨てるのはあまりに愚《おろ》かではないか。

けれど、彼女は私の言葉を受け入れた。

「かしこまりました」

そう言って、深く腰を折る。

まるで、そう言われるのがわかっていたような態度だった。

私は、そんな態度に鼻を鳴らして寝室を出た。

「あはははは！」

そんな彼女が子供たちと遊びながら、楽しそうに笑っている。

その様子を遠くからぼんやりと眺め、どうして自分はあれほどまでに彼女を悪く捉えようとしていたのかと、疑問に思う。

孤児院で子供たちと遊ぶ彼女はとても輝いていた。

影からの報告を受けてからずっと考えていた。

私は——もしかすると、大変な過《あやま》ちを犯してしまったのではないか？

そもそも、彼女は本当に悪辣《あくらつ》な人間だったのか？

わからない。だから、知りたい。

そして、間違ってしまったのなら、償《つぐな》いたい。そう、思ったんだ。

朝食リターンズ

今日も一日、楽しく過ごそう。

「んー」

私は大きく伸びをするとベッドから起き上がった。

窓を開けると、爽やかな風が吹き込んでくる。

「……よし」

その新鮮な空気をいっぱいに吸い込んだ。……なんというか。

「……幸せだわ」

自分の好きなことだけをして、働かなくても生きていける。それに、もう、物語は終わった。どれだけ心を砕いても振り向いてくれない婚約者や家族は、ここにはいない。

だから、そのことに心を痛める必要ももうないのだ。

太陽に手をかざす。きらきらとした光が、指の隙間から差し込んだ。

「私は、私……」

大丈夫。私は、私のことが好きだ。誰に嫌われても、愛されなくても、関係ない。

そのことをもう一度確認して微笑んだ。

「さてと」

そろそろ侍女のカミラが来る頃合いだ。自分でできる準備は自分でしよう。

……と、身支度を整えているとカミラがやってきた。

「おはよう」

「……おはようございます」

カミラの声は相変わらず冷たい。けれど、それを気にすることなく、支度を手伝ってもらう。

その途中で、カミラが言った。

「今朝から陛下が王妃様と共に食事をとられるそうです」

「……今朝から？」

「はい」

今朝『は』ではなく、今朝『から』。ということは、これからずっと、ということかしら。

旦那様ってば、どういう心境の変化だろう。

やっぱり私はスパイだと疑われてる……？

でも、以前朝食を一緒にとったときは何も話さなかったのよね。

うーん。

何があったのか気になるけれど、わからないものは仕方がない。

私は、ひとまず気にしないことにして、身支度に集中した。


食事の間に行くと、旦那様はすでに席に座っていた。

「おはようございます」

挨拶をすると、旦那様は考え込むようにしていた顔を上げた。

「……ああ。おはよう」

紫色の瞳を久しぶりに見た気がした。相変わらず嫌みなほど、顔がいい。……？　あれ。どこかで旦那様に似た人と会ったような。

なーんて、気のせいよね。もしかしたら前世で読んだロマンス小説の記憶に影響されているのかも。

とりあえず、私も席に座り、朝食が始まった。

前回同様、旦那様は黙々と朝食を食べている。

私も朝食に集中することにした。

うーん、今日の朝食も最高だわ。

量が少ないのが難点だけれど、とっても美味しい！　美食の国、最高!!

思わず笑みが漏れる。……すると。

「……君は」

「はい？」

旦那様を見ると、彼は少し苦しそうな顔をしていた。

「美味しそうに食事をとるな」

「……？　美味しいので」

美味しそうも何も、とっても美味しい！　そう笑顔で主張すると、なぜだか旦那様は目を逸らして、そうか、と言った。

「……？」

もしかして旦那様の嫌いな食べ物でも入っていたのだろうか。だったら、代わりに食べたいな。

そう思ってちらりと見ると、旦那様は咳払いをした。

「おかわりがほしいのか？」

どうしてわかったんだろう？　疑問に思いつつも頷くと、旦那様が給仕に言っておかわりを手配してくれた。

「ありがとうございます」

なんで今日はこんなに優しいんだろう。……はっ！　もしかして、これって最期の晩餐《ばんさん》ならぬ、最期の朝食!?

だったら余計に味わって食べないともったいない！

私はたっぷり時間をかけて、朝食を味わった。ときどき、興味深そうに私を見る旦那様と目があったけれど、旦那様は特に何も言わなかったので、思う存分、朝食に舌鼓《したつづみ》を打ったのだった。


美味しい朝食を終えたあとは、いつもどおり簡素な服に着替えて街へ。

いつものように王城を抜け出そうとしたところで、声をかけられた。

「王妃様」

「っ!?」

どこからともなくかけられた声に、思わずびくりと身体を揺らす。

なんで？　今まで見逃してくれていたのか、単に興味がなかったのかわからないけれど、何も言われなかったのに。もしかして、本当に最期の朝食だった!?

そう思いつつも、振り向くと見たことのある顔があった。

「あなたは……」

魚介パスタの大食いでちゃんと完食できた人だ。気持ちのいい食べっぷりが記憶に残っている。

「失礼いたしました。私は、ルィード・グドと申します」

そう言って、彼は膝をついた。

「今日から王妃様の護衛を務めさせていただきます」

……ああ、なんだ。そういうこと。

私は単に泳がされていただけだったのね。

魚介パスタだけじゃない。何度も何度も大食いをしていた彼を見たことがある。

それは単純に大食いが好きだから……じゃなくて、私を監視するためだったのか。

そのことに落胆する。

勝手に大食い仲間のように思って親近感を覚えていた。

「なぜ、今なの」

今までのようにこっそり……ではなかったけれど、黙って監視をしてくれたら、私は何も気づかずにすんだのにな。なんて自分勝手な考えを思わずルィードにぶつけてしまう。

「王妃様は、私が守るべき方だと判断いたしました」

戦勝国から送られてきた王妃だものね。

けれど、私の考えを見透かしたように、ルィードは首を横に振った。

「いいえ。私が、あなたのファンなのです」

「……ファン？」

思ってもみなかった言葉に、瞬《まばた》きする。ファンって……熱心な支持者とか、そういう意味の？

「はい。王妃様の気持ちのいい食べ方がとても好きです！」

「その……ありがとう」

とてもいい笑顔で言われて照れてしまう。

そんなこと、今まで言われたことなかった。

公爵令嬢として、食べすぎはしたないっていつも言われていたから。それが一番つらいことだったものね。

「私のことは、ぜひ、大食いのお供だと思っていただければ。私も大食いが好きなので」

「……わかったわ」

確かに一人で食べるよりも、誰かと食べたほうが美味しい。今朝の朝食も美味しかったし。

……と、そこで思い出したのだけれど。

「監視……じゃなくて、護衛なのね」

「はい」

てっきり最期の朝食だと思っていたけれど、護衛をつけられるということは、スパイだと疑われてはいない、と考えてもいいのかしら。

旦那様は何も言わなかった。

やっぱり気が変わった、公務をしろ、とも言われていない。

ただ旦那様と一緒に朝食をとるようになり、監視ではなく護衛がつけられるようになった。

それは小さなようで大きな変化だ。

あくまでも、私がスパイだと疑われていないという前提だけれど。

これはもしかすると私のニート生活も――

「これ以上はやめやめ」

急に首を横に振った私を、不思議そうにルィードが見つめる。

私はそんなルィードに笑いかけ、今日は焼きとうもろこしの大食いに挑戦するわ、と告げた。

「いいですね」

ルィードも笑顔になる。

問題はひとまずおいておくとして。

私に、大食い仲間ができました。

再構築

「今日の王妃の様子は？」

影――ルィードに、報告させる。

「はい。今日の王妃様は、鍛練の成果をみせる、と子供たちとヒーローごっこをしておいででした」

あ、ちなみに私は子供たちと同じヒーロー側でした、としれっと言う。

そこはお前も悪役をするんじゃないのか。

聞き返したくなったが、この影のことだ。そちらのほうが楽しそうだったのだろう。

「悪役の王妃様は、子供たちの望む凄《すご》みは手に入れられたようなのですが……。負けるパターンが足りないと指摘されて……」

まぁ、確かに何度も同じ反応を返されてもおもしろくない……かもしれない。

「もっと色んなやられ方を研究してくる、と言って、王妃様は今度は劇団に入られました」

「……劇団」

「はい」

ルィードはあっさり頷いたが、私は頭が痛くなってくるのを感じた。

どう考えても、劇団に入る必要はないんじゃないか。彼女はとても純粋……というか、凝《こ》り性なのかもしれないな。

「……それで？」

「まずは、下働きからということで、今は雑務を一緒にしてますね」

……これは子供たちの要求に応えられるようになるまで時間がかかりそうだな。

「ちょっと待て」

「はい？」

きょとんとした顔で、こちらを見つめるルィードからは、全くといっていいほど焦《あせ》りが感じられない。失言に気がついていないのか、それとも失言と思っていないのか。

私は、ため息をつきたくなりながら、ルィードに尋ねる。

「雑務を『一緒に』というのは？　お前最近、影のわりに表に出すぎじゃないか？」

「もちろん休憩時間以外は、潜《ひそ》んでおりますよ」

ご安心を、と胸を叩いてみせたその姿に、余計不安を感じる。

休憩時間を長く設定しすぎたか？

だが、下手に短くして辞められても困るしな……

休憩時間の件は、ひとまずおいておくことにして、続きを促《うなが》す。

「それで、今日は何を食べたんだ？」

「焼きとうもろこしです。それが……」

ルィードが表情を曇らせる。

「どうした？」

「ここ最近、王妃様の噂が街で広がっているようで、王妃様の似顔絵とともに大食いメニューに挑戦お断りの文字が……」

それはさぞかしがっかりしたに違いない。

「そこで、王妃様はいつもと髪型を変えて、お店に入店し大食いに挑戦されました」

そういえば、私が以前彼女を監視したときは、まるで少年のような姿をしていた。

「これも、悪役になるときのいい練習になるといって、声まで変えておられました」

王妃様はいつも素敵な落ち着いた声ですが、華やかな声もお似合いでした、と付け加える。

「見事完食されましたが、お代はきっちり払われていましたよ」

店が王妃お断りにするのは、王妃が完食して無料になるからであって、代金を払えば店に損失は出ない。代金を払うなら、そもそも元の姿で挑んでもいい気がするが……

「私も、王妃様の応援のおかげで完食できました」

自慢げな顔をするルィードに、尋ねる。

「彼女は、……について何か言っていただろうか？」

「……とは？」

「私についてだ」

彼女に初夜、ひどいことを言ってしまった。憎まれても仕方ないと思う。けれど、彼女は朝食の席でそんな様子を見せなかった。

それは私のことを許している――のではなく、私に興味がないからではないかと考えている。

「……そうですね、特には」

やはりか。深く息をつく。最低な形で関係を築く土台を壊したのは私だ。

もう一度土台から構築するのは、困難だろう。

それでも、やらねばならない。

私は彼女の――夫なのだから。

「隣国の調査は？」

「まだ少し時間がかかりそうです」

「わかった。引き続き、探ってくれ」

そう言い残して、席を立つ。

「どちらへ？」

「王妃のもとへ」

少し、話がしたかった。もっとも、彼女は疲れて寝ているかもしれないが。そのときは、大人しく帰ろう。

「王妃に、会いたい」

取り次ぎを侍女に頼むと、やはり彼女は眠っているという返答だった。

一目だけでも、と思ったが、眠っているならば仕方がないか。

諦めて自室に戻ろうとし、ふと、思い付いた。

◇◇◇

「んー、よく寝た」

大きく伸びをして起き上がる。

昨日は、ヒーローごっこがなかなか楽しかったわね。今は、悪役としてのやられ方のパターンを研究するために劇団に入っている。

といっても、下働きだけれど。

いずれ、色んな演技を教えてもらって子供たちの理想の悪役になるのが目標だ。

「……これは？」

ふと、サイドテーブルに、花が飾られてあるのに気づく。首をかしげていると、カミラがやってきた。

「昨夜、陛下が王妃様にと」

……なるほど。旦那様からの贈り物だったのね。もしかして、私に用事だったのかしら。それなら、寝ていて悪いことをしてしまったわね。

そんなことを考えながら、薄桃色の花の香りを吸い込む。花からはかぐわしい香りがした。

「よし」

今日はなんだか、とってもいいことが起きそうだ。ひとつ微笑むと、朝の支度を整え、朝食に向かった。

食事の間に行くと、今日も旦那様がすでに座っていた。

「おはようございます、陛下」

「……ああ、おはよう」

旦那様が目線を上げて、微かに微笑む。

「昨夜は、素敵な贈り物をありがとうございました。とても綺麗な花ですね」

私の国にはなかった花だ。六枚の花弁は薄桃色に色づいていて、とても可憐で美しかった。

なんていう名前の花なのかしら。

「ああ。君が気に入ってくれたなら良かった。あの花は食用として使われることもあるが、綺麗だろう？」

「食用……ですか⁉」

花を食べるんだ！　ロマンチック！　あんなに綺麗な花が料理に添えてあったらとても可愛いだろうし、それに食べられるなんて最高じゃない⁉

思わず食いぎみに尋ねた私に旦那様は笑った。

「ああ。今度、あの花を使った料理を頼んでおこう」

旦那様ってば、優しい。

あれ？　でも、私を愛することはないのよね。

それとも、物語が終わったから強制力もとけたの？

でも、侍女のカミラの目は今日も冷たかったし。

……どちらにせよ、今の公務がないニート生活が私にとっては一番気楽なんだけれどな。

旦那様をじっと見つめる。旦那様の神秘的な紫の瞳からは、考えを読み取れなかった。

――まぁ、いっか。

私は運ばれてきた美味しい朝食（だけど量が少ない）に集中しようとして、……私のものだけやけに多いことに気づいた。

もしかして、私があれで満足してないのがばれてる？　って思ったけれど、昨日おかわりしたものね。単にもう一度おかわりを作るのが面倒だったのかもしれない。

美味しいものがたくさん食べられるのはいいことなので、とりあえず目の前の食事に集中することにした。


美味しい朝食を終え、いつものように簡素な服に着替え、城を出る。

すると、ルィードが私のあとについてきた。

「ルィードは、何か食べたいものある？」

「私は王妃様の護衛ですので、王妃様に従います」

……そっか。自分の意見を言ってもらえないのは少し寂しい気もするけれど、仕事だから仕方ないわよね。

……ん？　仕事。

「ルィード、あなた……」

「はい、なんでしょうか？」

「陛下に私のことを報告してるのよね？」

……当たり前すぎることを聞いてしまった。ルィードは今は護衛だけれど、以前は監視をしていたのだ。報告しているに決まってる。

「はい」

当然、ルイードも頷く。

「……なるほど」

ということは、料理の量が多くなったのもおかわりをすすめてくれたのも、私の大食いを知っていたからなのね。

ありがとう、旦那様。

今日の朝食もとっても美味しかったわ。

心の中で感謝して、ふと、疑問に思った。

でも、どうして旦那様は私の行動を制限しないんだろう。この行動が筒抜けになっているとして、私が旦那様なら止めるけれど。

まぁ、いっか。

旦那様の思惑がどうであれ、私の生活がこのまま続くのなら、気にする必要もないだろう。

そう思って街を歩いている途中、私はある噂を耳にした。

◇◇◇

「今日の報告を」

「はい。今日の王妃様は、マフィンの大食いに挑戦されました」

「今日はマフィンか」

……城下には本当に様々な大食いのメニューがあるのだな。

頷き、続きを促《うなが》す。

「もちろん完食され、劇団の下働きで得たお金で、料金を払われました。あ、私も完食しました」

「わかったから、その得意げな顔をやめろ」

この影がこんなに感情豊かだったと知ったのはつい最近――彼女の監視、もとい護衛を任せてからだ。あれほど無表情だった影の人間らしい表情にほっとするような、影として大丈夫なのか不安になるような、複雑な気持ちで先を促《うなが》す。

「……それで？」

「劇団では明日、エキストラとして王妃様が出ることになりました」

王妃様はお綺麗ですから舞台映えするでしょうね、とルィードが付け足した。

「……それで、陛下」

「どうした？」

急に真面目な調子に変わったルィードに、首をかしげる。

「城下で噂が広がっています」

「……噂？」

ルィードが頷く。

「陛下が、愛妾を迎えるおつもりだと」

「なんだと？」

私にそのつもりは全くないので、思わず眉を寄せる。

「王妃様と結婚してから一度も共に夜会に出席なさっていないでしょう。そのことが原因のようです」

「……なるほど」

確かにルィードの言うとおりだった。

だが、彼女に公務をしなくていいと言ってしまった手前、夜会に出てくれとは言いづらいものがあった。

「ちなみに、彼女の様子は？」

「『そうなのね。ルィードは、知ってた？』くらいのあっさりした様子でしたね」

「お前、声真似がうまいな。……ではなくて」

ちょっと待て。痛む頭を手で押さえる。

「お前、なぜ、名を彼女に教えているんだ？」

――影の名前は特別な意味を持つ。

主《あるじ》たる私以外に教えるということは、まさか……

「ファンですので」

しれっと言ったルィードに頭痛がひどくなる。ファンか。ファンなら仕方ない……のか？　まぁ、でも、個人の自由の範疇《はんちゅう》と言われればそれまでかもしれない。

それにしても、まさか、影をたらし込むとは。

「……とんだ人たらしだな」

そしておそらく彼女に自覚はない。それが一番たちが悪い。

悪辣《あくらつ》な令嬢よりももっと厄介な女性を妻に迎えたのかもしれないと、私は息をついた。

ずれ

「ん、ふわぁあ……」

よく寝た。なんといっても今日は、私の初めての舞台だ。……エキストラだけれど。とっても楽しみ。期待に胸を膨らませながら、ひとつ大きな伸びをして、身体を起こす。

「ん？」

サイドテーブルに飾られた花が増えている。

もしかして、昨夜も旦那様がいらっしゃったのだろうか。

「悪いことをしたわね……」

まぁ、気にしても仕方ないか。かぐわしい花の香りを吸い込んだ。よし、今日も一日頑張ろう。

「おはようございます、陛下」

「……あぁ、おはよう」

朝食の間に入ると、旦那様がいる。これは、ここ最近ではいつものことだ。

けれど、なんだか様子がおかしい。

「……？」

どうしたんだろう、と思って、そういえばまだ花のお礼を言ってなかったことに気づく。

「陛下、素敵なお花をありがとうございました」

「……あぁ」

返事はするものの、なんだか心ここにあらずといった様子だ。

何か気にかかることでもあるのかしらね。

「……君は」

「はい」

なんだろう。

「ドレスや、着飾ることは好きだろうか？」

「いえ、あまり好きではないです」

もちろんその必要があるなら、努力はするけれど。重い服よりも軽くて丈夫な服のほうが好きだ。

煌《きら》びやかな服も、見るだけならとても好きだけどね。

「……そうか」

あれ、旦那様ってばなんだか残念そう？

なんでだろう。

「……では、身体を動かすのは？」

「好きですね」

昔は、というか最近子供たちと遊んでいるときもだけれど、よく木登りをしていた。いかに速く安全に木登りができるかを考えることは、私の趣味のひとつだ。……元貴族令嬢で、現王妃としてはどうなの、と思う趣味だけれど。

「特に……ダンスなんて、どうだろうか？」

「あまり、好きではないです」

身体を動かすのは大好きだし、ダンスも一人でするものなら好きだけれど。二人でするダンスは苦手だ。だって、好きでもない人と密着しないといけないし。

「………そうか」

あれ？　なんだか、がっかりしてる？

なんでだろう。

それきり旦那様は黙ってしまった。

どうしたんだろう。

けれど、私の疑問は美味しい食事を前に霧散した。

美味しーい！

ベーコンもカリカリだし、卵はとろとろ。

野菜だって食感がよくて、フォークがめちゃくちゃすすむ。

そんな風に夢中になって食事をとったあと、旦那様がおもむろに言った。

「私は……君と離婚するつもりはない」

「存じております」

私のことを愛するつもりはなくとも、一応戦勝国から送られてきた相手だ。そう簡単には離婚できないだろう。

私が頷くと、旦那様は満足げな顔をして、食事の間をあとにした。

……当たり前のことを確認するなんて、やっぱり愛妾の噂は本当だったのね。

すでに邪魔だろうけれど、これ以上、お邪魔虫にならないように気をつけよう。

◇◇◇

「……それで、今日の王妃の様子は？」

私が尋ねると、ルィードは普段無表情な顔をきらきらと輝かせて報告した。

「はい。王妃様は、今日は初めての舞台に挑戦し――」

そういえば、そうだったな。

エキストラとして登場するのだと昨日聞いていた。

「主人公の子供に道を聞かれる通行人の役でしたが、とてもお上手でした」

「……そうか」

ルィードは、興奮気味に話す。

「ちゃんとした役をもらえる日も近いのではと思います。楽しみです」

その日が来たら、真っ先に握手とサインを求めるのだと続けた。

「しかし、子供たちの理想の悪役になれたら、劇団を辞めるのでは？」

「王妃様は、舞台に上がることをとても楽しまれた様子で……、しばらく続けるとおっしゃっていましたね」

……なるほど。

よっぽど楽しかったんだな。

「それから、陛下。気がかりなことが」

「どうした？」

「『陛下に愛妾ができたら、私は離宮に行くことになるのかしら？』と、王妃様に尋ねられました」

……なん、だと？

私は、彼女に離縁する気はないと言ったはずだが……？

彼女もわかっていると答えていた。だから、ちゃんと伝わったと思っていたのだが。

それなのに、なぜ？

「『お飾りの王妃は全く構わないけれど、この街から出るのは寂しいわね』ともおっしゃっていましたね」

頭が痛い。

「もしかして、噂を否定なさらなかったのですか?」

「否定は……して、いないな」

離縁するつもりはないと言ったことで、伝わると思っていた。

いや、回りくどい言い方をした私が悪いな。

今日……は、もう眠っているだろうから、明日早急に誤解を解こう。

「わかった。なんとかする」

「はい。そのほうがよろしいかと。今日は大食いには挑戦なさらず、舞台の打ち上げに参加なさいました」

そこで、すっ、とルィードが、三枚の絵を出す。

「……これは?」

「王妃様を打ち上げで口説いていた役者の姿絵です。王妃様は、演技の話にしか興味を持たれていませんでしたが、一応」

「心にとめておく。ありがとう」

それから……と、ルィードが続ける。

「隣国から部下が帰ってきました」

——つまり、隣国での調査が終わったということ。

私は姿勢を正して、ルィードを見つめる。

ルィードはどこからか取り出した報告書らしきものに、視線を落とした。

「どうやら、部下の報告によると第二王子と現婚約者はうまくいっていないようです」

「……そうなのか？」

平民だったその女性と、第二王子の恋物語は有名だった。

……その二人がうまくいっていない？

「はい。それにどうも王妃様が、元平民の娘をいじめたわけではないという噂が流れ始めているようです」

「今までとは反対の噂だな」

「……はい」

まさか元平民の娘が、彼女を貶《おとし》めるために謀《たばか》った？

いや、でも、ただの平民に公爵令嬢を貶《おとし》めることなどできるだろうか。

「……わかった」

「引き続き探らせますか？」

「いや。必要ない。彼女の人間性は私自身で判断する」

隣国で何が起きていようと、彼女は私の妻だ。私自身が彼女と向き合うべきだろう。

だが。

夜会に誘えるだろうか……？

彼女はダンスもドレスもあまり好きではないと言っていた。しかも、私も最初に公務をしなくていいと言ってしまっている。

それでも、私は、言わねばならない。

明日の朝、愛妾に対する誤解を解いて必ず誘おう。

第二王子の見る夢

……いつ、からだっただろう。クロアのことを疎《うと》ましく思うようになったのは。

クロア・サーランドは僕の婚約者だった。初めてクロアに会ったときの印象は、笑顔が素敵な女の子、だった。

クロアは、よく笑い、よく食べた。

僕はそんな彼女に惹かれていた。

彼女を幸せにするのは自分だと、信じて疑わなかった。

けれど、平民のサナが学園に現れてから僕たちの関係は変わってしまった。

クロアがサナをいじめたのだ。

僕は王子として、弱い立場にいる者を守らなければならない。

何度もクロアに注意した。けれど、クロアは、

「そのような事実はございません」

と言うだけ。全く反省した様子がない。それに、クロアの笑顔もだんだんと減っていった。

違う。僕が見たいのは、そんな何かを諦めてしまった表情ではなくて。幼い頃見せてくれた笑顔なのに。

こうなってしまった原因がどこにあるのかも探らず、僕はクロアに苛立ちを感じていた。

僕たちの関係は日に日に悪くなっていった。

それでも、僕たちの婚約は解消されるはずがなかった。当然だ、僕たちの立場がそれを許すはずがない。

「ダリウス殿下」

甘い声が、僕の名前を呼ぶ。凛《りん》としたクロアの声とは対照的なその声に安らぎを感じた。

サナはいつも満面の笑みで、僕に駆け寄ってくる。

僕と目が合うと、赤くなってはにかむのが可愛いと思った。僕は徐々にサナに惹かれるようになった。

それでも、僕は。

「……ダリウス殿下！」

大きな声で名前を呼ばれて、はっとする。どうやらいつの間にか眠ってしまっていたようだった。

「どうした？」

「聖女様が、ダリウス殿下をお呼びです」

「……わかった」

僕とクロアの婚約は解消された。サナが特別な魔力を持つ聖女だとわかったからだ。そして、そんな聖女たるサナをいじめたクロアは現在王妃として隣国——敗戦国に嫁いでいる。

——そして、僕はサナと婚約した。

けれど、最近妙なことが起きている。

「クロア様が、聖女様をいじめた？　そんなこと、私、証言しましたか？」

口を揃えてクロアがいじめたと証言していた者たちが、そんなことを言うようになったのだ。

サナでさえも。

「わたしは、いじめられたなんて一言も言ってないです」

おかしい。何かがおかしいはずなのに。

その理由がわからない。

もし、本当にクロアがサナをいじめていないとしたら……？

一瞬浮かんだ考えを打ち消す。

そうだとしても、僕はこの恋物語を続けなければならなかった。

第二章

関係の変化

んー、よく寝た。

カーテンを開けると、陽光が差し込む。

「今日もいい天気ね」

昨日の舞台はとっても楽しかった。今日は、舞台に出る予定はないけれど、下働きとして見学するだけでも楽しみだ。

わくわくと期待に胸を膨らませながら身支度を整えていると、カミラがやってきた。

「王妃様、陛下が今日の朝食の席で大事な話があると仰《おお》せです」

「……大事な話？」

それならわざわざ先触れなんて出さずに、朝食をとるときに言えばいいのに。それとも、前もって覚悟がいるほど、大事な話なのかしら。

「はい」

カミラも詳しくは知らないのか、頷きを返すと、私の支度を無言で進めていく。

「今日は髪型が違うのね。似合ってるわ」

ふと、カミラの髪型がいつもと違うことに気づいて声をかけると、カミラは顔をしかめて、ありがとうございます、と答えた。

嫌われちゃってるなぁ。

せっかくだし、仲良くできたら嬉しいけれど、もう今更かしらね。

そんなことを思っているうちに支度は終わり、朝食の席についた。

「おはようございます、陛下」

「……ああ、おはよう」

旦那様は、きりっとした顔をしていた。何かを決意した目をしている。

「クロア」

名前を呼ばれて驚く。

私の名前、旦那様は知っていたんだ。てっきり知らないとばかり思ってたので、思わず、まじまじと見つめてしまう。

そんな私に気まずそうに目をそらしたあと、旦那様は言った。

「……私は」

続きはなんだろう。首をかしげていると、旦那様は私と再び目を合わせて、ゆっくりと言った。

「私は愛妾を迎えるつもりはない」

「え――」

愛妾を迎えない？　……ということは。旦那様は、正妻として迎えるつもり？　ううん、離縁はするつもりがないと以前言っていたから、側室として迎えるのかしら。

いえ、でも、この国は一夫一妻制だったはず。

……どういうこと？

「私は――君と関係をやり直したいと思っている」

関係を、やり直す――

「私とふ……、友人になってくれないだろうか？」

友人。一国の王が私の、友達に？

「……ふふ」

「……クロア？」

思わず笑ってしまった私に、旦那様が怪訝《けげん》な顔をした。

でも、そんなに緊張して言うことが、私と友人になりたいだなんて。

あまりにも可愛らしい提案だ。

友人になりたいと言ってくれるのなら、答えは決まっている。

「ええ、はい、もちろん。喜んで」

――そうして、私に新たに友人ができた。

「……ありがとう」

「いいえ。こちらこそ、よろしくお願いいたしますね」

微笑むと旦那様は頷いて、また口を開いた。

「その、早速なんだが……」

「はい」

どうしたのだろう。何か言い出しにくいことなのだろうか。やけに歯切れが悪い旦那様に首をかしげる。

「私と、夜会に出てくれないだろうか？」

「……夜会」

そうか。旦那様が愛妾も、側室も迎えるつもりがないのなら、私がいる、ということを外に向けてアピールしなければならない。

まぁ、ニートといえども、たまには社会に関わることも必要かしら。それに何より。

「友人の頼みでしたら、喜んで」

頷くと、旦那様はほっと、息をつく。

旦那様は私を愛することはないとおっしゃっていたけれど。友愛をこれから築いていけたらいいな。

◇◇◇

「今日の報告ですが……」

ルィードがその前に、と私を見た。

「王妃様が、友人ができたのだととても嬉しそうにしておいでしたが……、噂の訂正はできましたか？」

「ああ、できた……はずだ」

本当なら、彼女と夫婦としてやり直したい。けれどそう簡単には、彼女に最初に言ってしまったことをなかったことにできなかった。

「そうですか、それならよかった」

では、報告を始めますね、とルィードが続ける。

「今日の王妃様はまずは、劇団で、演技の指導を受けられました」

どうやら、あのエキストラの演技が劇団内で好評だったようで、もう少し台詞《せりふ》のある役を任されることになったようです……と続けるルィードは得意げな顔だ。

「なぜお前が誇らしげな顔をしている」

「ファンですので。……これはサインをもらえる日も近いですかね」

遠足前の子供のようにわくわくした顔をしたルィードに続きを促《うなが》す。

「そのあとは、蟹《かに》の大食いに挑戦され——」

「蟹」

「はい。蟹です」

確か、最近外国からよく輸入されていると聞いた。

殻《から》を剥《む》くのに時間がかかって、完食は難しそうだな……

「王妃様は、とても鮮やかな手付きで蟹を剥《む》くと、見事完食されました。私は時間内には無理でしたが、王妃様からコツを教えていただいて……。そのあとは、孤児院の子供たちと球をついて遊ばれていました」

「球を蹴るのではなく？」

球をつく、とはどういうことだろう。

「はい。球をつきながら走って、輪に入れる遊びをしていました」

楽しそうだな。

「私は、輪を持つ係でしたが、とても楽しそうでしたね」

今度は、球を輪に入れるほうをやりたい、というので、休憩時間にやるように念を押しておく。

「ところで陛下」

「どうした？」

「話は戻りますが、王妃様にドレスを贈られたことはございますか？」

そんなもの、あるに決まって――

いや、あったか？　結婚式や今彼女が普段着ているものも、全て他人任せだったことを思い出す。

悪辣《あくらつ》な令嬢だと思っていたとしても妻として迎える女性に対して、あまりに誠意に欠けた対応だったと反省しつつ、首を横に振る。

「……ない、な」

花は何度か贈ったが、ドレスは一度も贈ったことがない。

「……至急、用意しておく」

私がそう言うと、ルィードはほっとした顔になった。

「はい。そのほうがよろしいかと」

では、失礼しますとルィードが消える。

「……ドレスか」

いや、ドレスだけじゃない。靴や、イヤリングなどの装飾品も贈るべきだろう。何が彼女に似合うだろうか。

◇◇◇

旦那様と友人になって数日が経った。

「……うーん、どうしようかしら」

旦那様に夜会に誘われたのだけれど、着ていくのにちょうどいいドレスがないのよね。いつも朝食の席ではそこまで華美でないものを着ているけれど、夜会となればそうもいかない。

けれど、ニートの分際で、ドレスをねだるのも気が引ける。

まぁ、いつ夜会に行くかは言われてないし、それまでにどうにかすればいいわよね。

子供たちと遊び終わり、そんなことを考えながら自室でくつろいでいると、来客があった。

「王妃様、陛下がいらっしゃいました」

「陛下が？」

旦那様とこうして夜にきちんと会うのは、初めてだ。いつも旦那様が訪れる時間に寝てしまっている私のせいなのだけれど。

急いで身支度を整えて、旦那様を通してもらう。

「いかがなさいましたか？」

「……これを、君に」

旦那様から渡されたのはドレスと靴、そして、ネックレスとイヤリングだった。

「……いただいても、よろしいのですか？」

てっきり、ニートにやるドレスはないと言われるかと思ったけれど。

「君のために用意したんだ。もらってもらわないと、困る」

そうぶっきらぼうに言い放った旦那様だけど、少しだけ耳が赤かった。

「……ありがとう、ございます」

思わず、顔が綻《ほころ》ぶ。

ドレスも嬉しかったけれど、アクセサリーにもっと嬉しくなる。

「陛下は、私が紫色が好きなこと、ご存知だったのですね」

アメシストで作られたアクセサリーはとても可愛かった。

「それは、ちが……。いや、君が喜んでくれたなら良かった。よければ、これらを身につけて、夜会に参加してほしい」

「はい。喜んで」

頷くと旦那様はほっと息をついた。

友人になった旦那様との、夜会か。

「楽しみです」

「だが、君はダンスはあまり好きではないのだろう？」

「知らない人と踊るのは、あまり好きではありませんが――。旦那様は、友人なので」

私がそう言うと、旦那様はなぜか少し複雑そうな顔をしたあと、咳払いをした。

「そうか。……では、おやすみ」

「はい。おやすみなさい」

恋

「……嬉しい」

息をつく。旦那様が私の好きな色をご存知だったこともそうだけれど、誰かにこういった類《たぐい》の贈り物をされるのは久しぶりだから。ドレスを着るのは面倒だと思う気持ちが大きいけれど、贈られたのなら話は別だ。

最後にドレスを贈られたのは――物語が始まる前だから、一年は前かしら。

あの頃、私はダリウス殿下の婚約者だった。

そういえば、ダリウス殿下は元気かしら。

まあ、元気に決まっているわよね。運命で結ばれた相手と婚約したのだし。

元気なのはいいことだわ。私も元気。

私は、旦那様からもらったドレスに微笑んで、目を閉じた。

◇◇◇

――それから、一週間後。

ついに、夜会がおこなわれる日になった。

そわそわと落ち着かない私に、ルィードが呆れた顔をする。

「陛下、そんなに緊張されなくても」

「……わかってる」

彼女は、クロアは私が贈ったドレスを着てくれるだろうか。それに、私の瞳と同じ色の装飾品を身につけてくれるだろうか。いや、彼女はそもそも私の色だと気づいていなかったし、紫は好きだと言っていた。

だから、きっと、つけてくれるはずだ。

そう思っている。けれど実際に、その姿を見るまでは安心できなかった。

「……行ってくる」

「はい。お気をつけて」

彼女の部屋まで迎えに行く。

どうやら、支度はすでに終わっていたらしく、すぐに通される。

「陛下、お待たせいたしました」

「……!」

彼女の姿に、思わず目を見開いた。

彼女の瞳と同じ空色のドレスに、綺麗に結い上げられた金糸の髪。その耳元と首元にはアメシストのアクセサリーが揺れている。

良かった、彼女は身につけてくれていた。——という安堵よりも先に。

「陛下?」

不思議そうな彼女の表情に、現実に引き戻される。

「……いや。なんでもない」

あまりに綺麗で惚《ほう》けてしまった、という事実はさすがに言えなかった。

「そうですか? 夜会のドレスを着るのは久しぶりなので……」

不安げにそっと睫毛《まつげ》を伏せた彼女に、息を呑む。

「陛下?」

そんな私を彼女が覗き込んだ。

視界いっぱいに彼女の表情が広がる。

「……っ！　その、とても、似合っている」

しどろもどろになりながら言えたのは、ありきたりな言葉だった。

……けれど。

「……良かった」

まるで、花が綻《ほころ》ぶように彼女が微笑む。

「っ‼」

……ああ。これは。

思わず固まった私に、彼女は、はにかんだ。

「陛下も、とても素敵です。本日はよろしくお願い致しますね」

辛うじて、ああ、こちらこそよろしく頼むと小さく返すことはできたけれど。

——これは、困ったことになったかもしれなかった。

◇◇◇

会場がざわめいているのがわかった。それも当然か。嫁いできてからというもの、全く公《おおやけ》の場に出なかった王妃が初めて顔を出したのだもの。

どういう意図があってこの場に来たのか、私が彼らでも気になる。本当のところは意図なんてなく、ただ、旦那様から誘われただけなんだけれど。

……そういえば。

先程からなんだか様子がおかしい旦那様を見上げる。

「っ！」

目を、そらされてしまった。私も久しぶりの夜会なので緊張しているけれど、旦那様も緊張しているのかしら。だったら、仲間だ。少し嬉しくて微笑んだ。

◇◇◇

夜会の始まりを告げる挨拶を終えて、踊りが始まった。

「私と踊っていただけますか？」

「喜んで」

声がわずかに震えてしまったことは、彼女には気づかれなかったようだった。そのことに安堵しながら、彼女の手を取り、ホールの中央へ。

曲に合わせて、ダンスを踊る。ダンスは、自然と密着する形になる。彼女の甘い香りを感じる。

香水だけじゃなく、この香りはきっと彼女の……

「陛下？」

ぎこちなくなってしまった私に、彼女が不思議そうな顔をする。

「いや、なんでも……」

なんでもあるけれど、そう言えるはずもなかった。

私は、彼女と関係をやり直したいと願ったけれど、それは私が王で、彼女が王妃だからだ。そこに信頼というものが芽生えればいいと思っていた。けれど、このような感情は予定になかった。

それなのにまさか、私が。

彼女の薄く色づいた頬や、白いうなじが気になって仕方ない。

どこに目をやっても、この戸惑いが彼女に伝わりそうで、どうすればいいのかわからない。

「……陛下」

そんな私に、彼女はそっと囁《ささや》いた。

「……陛下には何が、見えますか？　私には陛下しか見えません」

だから大丈夫、と彼女は微笑む。彼女はどうやら私が緊張している理由を勘違いしているようだった。

「……そう、だな」

彼女と目を合わせる。彼女の空のような瞳には彼女の言うとおり、私だけが映っていた。

そのことにひどく落ち着くような、心が掻き乱されるような心地がして、相反する想いに嵐の中に立ち尽くしているような気分になる。

けれど。それでも、ひとつだけ言えるのは、こうして彼女と踊ることができて私はとても幸運だということだった。

「ありがとう。……私と踊ってくれて」

初夜に私が彼女に言ったひどい言葉を鑑《かんが》みれば、そもそも、こうして夜会に誘うことすら嫌悪感をあらわにされても仕方ない。

それでも、彼女は私と夜会に参加し、踊ってくれた。

本当に、ありがたいことだと思う。

「いいえ、こちらこそお誘いくださりありがとうございます」

彼女が、微笑む。

それは、孤児院で見たのと同じ、心からの笑みだった。

その笑みに見惚《みと》れた私に、けれど、彼女は現実を突きつけた。

「友人と踊ることがこれほど楽しいものだとは、思いませんでした」

——友人。そう、私と彼女は、友人になったのだった。だからこそ、彼女は今私と踊ってくれているわけで。

けれど、友人から始めようと決めたのは自分だ。そう、最初は友人だとしても。

いずれは彼女の本当の夫になれるように、努力をしよう。

「……クロア」

「はい」

私は踊りながら、そっと彼女に囁《ささや》いた。

「私も君と踊るのはとても楽しい」

友人ですらいられなくなったら困るので、なるべく純粋な好意に聞こえるように、そう伝える。

すると、彼女は微笑んだ。

その笑みに胸が熱くなり、思わず手を握る力を強くした。

◇◇◇

友人と踊るダンスはとても楽しかった。

そして、楽しい時間はあっという間に過ぎる。

踊りのあとは、挨拶に来た貴族たちの相手をしなければならない。

好奇の目に晒《さら》されるかと思っていたけれど。

……わぁお。

思わず、口笛を吹きそうになる。

敵意剥《む》き出しの令嬢たちの視線が、まっすぐに私を射ぬいていた。

……そういえば旦那様は、この国の王であり、しかも、顔がいいときている。性格は……まだ、わからないけれど。

つまり、何が言いたいかというと、かなりの優良物件だったのではなかろうか。

その優良物件を、かっさらっていった戦勝国の公爵令嬢。

しかも、結婚後はほとんど社交の場に出てこない穀潰《ごくつぶ》し。

もしかして、いや、もしかしなくても、恨まれて当然だった。

やっぱり、私も公務をするべきかしら。今のところ本当にただ飯食らいだものね。むむ。

「どうした？」

眉を寄せた私を旦那様が不思議そうに見る。

「いえ、なんでも」

旦那様は、愛妾を迎えるつもりはないみたいだし、側室もこの国では無理。……となると傍系から養子をとるつもりかしら。

うーん。

私は、どうすべきかしら……

でも、まぁ、ひとまずは。

友人ができた事実を素直に喜ぶとしよう。

旦那様に向かって、にっこり微笑み、悪意ある視線を受け流した。

煌《きら》めき

夜会を終え、お風呂に浸かる。今日の夜会はとても楽しかった。でも、久々だから少し疲れたわ。

そんなことを考えながら小声で歌を口ずさむ。

「──、──」

その歌は、前世で広く子供に愛されていたヒーローものの主題歌だ。

子供のときはなんとも思わなかったけれど、歌詞の内容は意外と深い。

──物語は、終わった。

初夜はあんなに冷たかった旦那様が、友人になろうと歩み寄ってくれたことからも、そのことははっきりとわかる。

だったら、物語の期間はなんのためにあったのだろう。

この世界が物語をもとにしたものだから、その理《ことわり》に従っただけなのか、それとも、なんらかの意味があるのか。

そして、意味があるのなら、私が『悪役』になったことにも、何か理由があるのだろうか。そんなことを考えてしまうのは、きっと。

「……嬉しかったからね」

物語の期間中に失ってしまったものは多い。けれど、こうしてその期間のおかげで得たものもある。それは、友人になった旦那様を筆頭に。

手からこぼれ落ちてしまったものは、もう掬《すく》えないけれど。

今ある煌《きら》めきを大事にしよう。

「……ん」

なんだか眠くなってきた。

お風呂で眠ったら風邪を引くと頭ではわかっているのに、睡魔に勝てない。

ゆっくりと、微睡《まどろ》みの中に落ちていくのを感じた。


闇の中、映像が浮かぶ。

きらきらと輝く湖畔《こはん》で私たちは誓った。

「クロア、おっきくなったら、結婚しよう」

いつもよりも神妙な面持ちで、そう言う彼に笑う。

「約束ですよ」

その言葉が、いつか、嘘になるのだと知っていた。知っていて、私は約束だと微笑んだのだ。

――そして、やっぱりそれは嘘になった。

「クロア、君には隣国に嫁いでもらう」

「かしこまりました」

同じ舌で告げられた言葉に落胆が生じる。けれど、これはわかっていたことだった。だから、平気、大丈夫。

「愛しているよ、私の可愛い娘」

――本当に？

「ああ、本当だ」

頭を撫《な》でられる。温かい。幸せだとそう思う。

けれど、私を撫《な》でたのと、同じ手で。

「クロア、まさか聖女様をいじめるなんて。お前には失望した」

鈍い音がして、そのあと、頬が熱を持った。

「お前なんか、育てなければ良かった」

大丈夫。私は、私が生きていて良かったと思っている。それに、これもわかっていたことだもの。

だから、全然大丈夫。平気よ。

「私が君を愛することは、ない――」

大丈夫、これも決まっていたことだもの。

「私とふ……、友人になってくれないだろうか？」

これは、決まっていないことだった。

決まっていなかったことが、ひどく嬉しい。

私は、闇の中で煌《きら》めく光に目を細めた。


「……ひ、さま！　王妃さま!!」

「え？」

身体を揺さぶられて、ゆっくりと意識が浮上する。

「……私、は」

ええと、何をしていたのかしら。そうだわ、お風呂に入って、うたた寝をしてしまったのだった。

「申し訳ありません、お返事がなかったので」

「いいえ、こちらこそ、迷惑をかけたわ。ごめんなさい。起こしてくれてありがとう、カミラ」

「っ！」

私がそう言うと、侍女の——カミラは目を見開いた。

「私の名前……ご存じだったのですか？」

「え？　ええ」

呼ぶ機会がなかったから、呼ばなかっただけで、当然知っている。

頷くと彼女はなぜか、唇を噛んだ。

「ひとまず、お風呂から上がりましょう。このままでは風邪を引いてしまいます」

「そうね、ありがとう」

いつも視線が冷たいものの仕事ぶりは丁寧な彼女が、いつにもまして丁寧に、私を手伝ってくれた。


「う、ん……」

陽光で、目を覚ます。

特に身体の重さは感じない。良かった。昨日お風呂でうたた寝をしてしまったけれど、風邪は引かなかったようだ。

「おはようございます」

「ええ、おはよう」

私が大きく伸びをしていると、侍女――カミラがやってきた。

「……？」

カミラは、いつものように丁寧に私の支度を手伝ってくれる。けれど、雰囲気が昨日までよりも柔らかい。

その変化に戸惑いながらも、支度を終え、朝食の席に向かう。

「おはようございます、陛下」

「ああ。おはよう」

なぜか、旦那様からは視線をそらされてしまった。カミラとようやく目が合ったと思ったら、今度は旦那様からそらされるなんて、変なの。

……まぁ、そういう日もあるわよね。

黙々と、美味しい朝食を食べて、息をつく。

今日も素敵なことが起きるといいな。

◇◇◇

「それで、今日の彼女の様子は？」

「はい」

ルィードに報告を促《うなが》す。

「今日の王妃様も、相変わらず劇団の下働きをなさいました。そのあとは、私もご一緒して、城下の食べ歩きを――」

ルィードは呆れた目をこちらに向けた。

「羨《うらや》ましそうな目をしないでください」

「なぜ、仕事中のお前が楽しんでいるんだ」

「休憩時間でしたので」

休憩時間を有効に利用するのは、構わないが。

「……気にくわない」

思わず本音が漏れてしまう。彼女と食べ歩きだなんて、絶対に楽しいに決まっている。彼女はさぞ美味しそうに食べるのだろうし、もしかしたらルィードに彼女は食べさせてやったりしたのだろうか。想像すると悔しい。

「告白されては？」

「……無理だ」

この想いに気づいてからというもの、彼女と目を合わせるだけで緊張してしまうのに。

そう言うとルィードは、でしょうね、と雑に返してから続ける。

「そのあとは、孤児院の子供たちと――泥団子作りで真剣勝負をなさっていましたね」

「泥団子作りで、真剣勝負？」

泥団子作りに競う要素などあっただろうか、と首をかしげる。

「どれだけ、丸く輝く泥団子を作れるか、という勝負です」

泥団子って、簡単そうに見えて、奥が深いですよねぇ、と続けた。

彼女が泥団子を真剣に作る様子を想像する。

けれど、私はちっとも想像できなかった。

「……お前だけ、彼女の色々な姿を見ることができて、ずるいな」

「陛下は公務がおありですからね」

やんわりと私ではルィードの役目を代わることはできないと釘をさされる。

「……はぁ」

いつか私も様々な彼女の姿を見ることができるのだろうか。

そう思うのは、間違いなく私が彼女に恋をしたからで。

想いに気づいたのは、あの花が綻《ほころ》ぶような笑みがきっかけだった。

だがそれ以前にも、私はきっと惹かれていた。

彼女は、強い。

祖国ではない国の、好きでもない男に嫁がされて、その男も冷たくて。それでも、笑って日々を過ごしている。その強さに、惹かれているのだろう。

……だが。

彼女は、私を友人にしてくれたが、それは彼女が強くて優しいからで、過去がなかったことになったわけじゃない。だからこそ、私はあの初夜を忘れてはいけない。

そのことを胸に刻むように、深く息を吸い込んだ。

夢の残滓《ざんし》

僕たちは、輝く湖畔《こはん》で誓った。

「クロア、おっきくなったら、結婚しよう」

結婚。僕たちは、婚約者で。いつかは、結婚するのだと信じて疑わなかった。

それでも、その事実を形にしたくて、僕がそう言うと、クロアは笑った。

「約束ですよ」

「約束だ」

指切りをしたあと、その手にそっと口づけた。

「っ！」

君の顔が真っ赤に染まる。

それから、嬉しそうに微笑んだ。

あのときの、君の表情が、頭に焼き付いて離れない。

それなのに。

「君には隣国に嫁いでもらう」

それは、王命だった。僕は、それを伝えただけにすぎない。

「かしこまりました」

君が深く腰を折る。

その表情からは感情を読み取れない。

彼女は、そっと目を伏せると、退出の礼をする。

どうして。

ふいに、そう叫びたくなった。

それは、サナをいじめたことよりも、この決定に表情ひとつ動かさないことに対してだ。

君は、もっと感情豊かだった。

もっと、嘆いてほしい、怒ってほしい、詰《なじ》ってほしかった。どうして、私は、あなたの婚約者でしょう、と。

そんなことをされても、もう決定は覆《くつがえ》らないと知っているのに。

彼女がそうしないことに、ひどく胸がざらつく。なぜか、僕のほうが泣きそうだった。

「……クロア」

辛うじて声に出せたのは、君の名前だった。

扉が閉まる。君は、振り返らなかった。

「か、……ダリウス殿下！」

名前を呼ばれてはっとする。どうやら眠ってしまっていたらしい。何か、夢を見ていた気がする。

けれど、夢の内容は思い出せなかった。

「……どうした？」

青い顔の側近に首をかしげる。

「手が」

「手？」

そう言われて、両手を見ると、血が流れていた。

「よほどきつく握っていらっしゃったのでしょう」

「……そう、だな」

自分でも身に覚えのない傷跡に首をかしげる。

「手当てを――」

「いや、いい。サナに頼む」

聖女であるサナは傷を癒《いや》す力が使える。

本来は、こんな些細《ささい》な傷を癒《いや》してもらうための力ではないけれど、サナに会う口実がほしかった。

サナに、会いたかったから。

どんな夢であろうと、僕の婚約者はサナだ。

この恋は、続く。

……続かせなければならない。

絵画教室

「ん……」

ぱちぱちと、瞬《まばた》きして目を覚ました。窓の外を見ると、雨が降っている。

「どうしようかしら……」

今日は、劇団もお休みだった。このまま城でゆっくり……もいいけれど。それだけだと退屈だわ。

「おはようございます」

「おはよう、カミラ」

カミラに手伝ってもらいながら、朝の支度を整える。

「その髪型、似合ってるわ」

今日は、いつもと髪のまとめ方が違う。そのことを指摘すると、カミラは微笑んだ。

「ありがとうございます」

「っ⁉」

顔をしかめられなかった……ですって⁉　この前はあんなに嫌な顔をされたのに。えええー、雰囲気も柔らかくなったし、もしかしてカミラと少し仲良くなれたんだろうか。

そうだったら、嬉しいな。

私は上機嫌で、朝食の席に向かった。

「おはようございます、陛下」

「ああ、おはよう」

けれど、旦那様は今日も視線が合わない。……もしかして、旦那様に嫌われるようなことをしてしまったかしら。浮かんだ疑問は、運ばれてきた朝食を前に霧散した。

「……！」

思わず、息を呑む。以前、旦那様が言っていた食用にもなる花が使われていた。

花は、それ自体も綺麗だけれど、飾り付けによりさらに美しくなっている。

味は、どうかしら。

「っ!!」

とっても美味しい。思わず、笑みがこぼれた。

◇◇◇

「今日の彼女の様子は？」

私は今朝の彼女の嬉しそうな笑みを思い浮かべながら、ルィードに報告させる。

「はい。まずは、孤児院の子供たちと、絵しりとりをして遊ばれました」

「絵でしりとりをするのか」

そうか。今日は雨だったから、室内で遊んだのか。

彼女がどんな絵を描くのか気になった。

「はい。ですが、子供たちに王妃様が描いた絵がなんなのか全く伝わらず……」

私は、ファンなのですぐに花だとわかりましたが、とルィードは続ける。

「王妃様の絵は個性があって、私はとても好きなのですが、子供たちの『何これ』、『モンスター？』との言葉に王妃様は大変衝撃を受けられた様子でして……」

子供たちは時に残酷だ。彼女はとても傷ついたに違いない。……というか、そもそも花とはそんなに描くのが難しいものだろうか。首をかしげつつ、続きを促《うなが》す。

「それで？」

「はい。王妃様は劇団の下働きの傍《かたわ》ら、絵画教室に通われることになりました」

「絵画教室」

「はい」

以前も思ったが、彼女はとても行動力があるのだな。それだけ、子供が好きだということかもしれないが。

「講師は、その絵と本人の美貌でもてはやされている一方、なかなか気難しいことで有名な画家ですが、王妃様は親しくなられていましたね」

「……そうか」

「あ、ちなみに画家は男です。あと、現在生徒は王妃様と私だけです」

なんだと⁉

「今すぐに教室を替え……」

「無理ですよ、王妃様はとても楽しそうでしたもの」

私の口からはとても言えません、とルィードは続ける。

「待て」

「はい」

「なにお前も当然のように習ってるんだ」

休憩時間ならいいかと思いまして、としれっとルィードが言ったので、休憩時間だけだぞ、と念を押す。

まぁ、でも。

ルィードもいるなら、おかしなことにはならないだろう。それにしても、絵か。いつか、彼女が描いた絵を見せてもらえる日が来るといい――そう思った。


劇団の下働きの傍《かたわ》ら、絵画教室に通っているという報告を聞くこと数日。

ルィードが興奮して話し出した。

「ついに王妃様が、名前のある役をされることになりました！」

「……わかったから落ち着け」

彼女は、わりとなんでも器用にこなす——絵画は別のようだが。なので、そろそろだろうとは思っていた。

「それで、どんな役なんだ？」

「ライバル役です」

「ライバル役？」

簡単に劇のストーリーを聞く。主人公カップルに横恋慕した彼女が、なんとか二人を別れさせようとするもののうまくいかず、かえってカップルを盛り上げてしまう……という内容だった。そしてそんな彼女にも、素敵な男が現れ、最後は皆ハッピーエンドになるという。

「最近はそんな劇が流行《はや》っているのか」

「そうみたいですね」

なんにせよ、彼女が役を射止めたのは、素晴らしいことだ。

「王妃様に握手と、サインをお願いしようと思っています」

きらきらとした笑顔でルィードが言った。

彼女のことになると、本当に表情がわかりやすい。

……私は、観に行けないけれど。そうだな。

彼女に贈り物をしよう。

◇◇◇

舞台が終わった。舞台は、とても熱くて輝いていた。

観客たちを見送り終わると、まっすぐにルィードが駆けてきた。

「とても、素敵でした！」

サインをお願いします、とペンを差し出される。

自分でも精一杯やったつもりだけれど、実際にそう言われるととても嬉しい。でも。

「……サインなんてないわ」

役者としての私にサインはない。それでもほしいと言われたので、劇団での名前のクロ、と書く。

すると、ルィードは大喜びした。

「ありがとうございます！」

そんなに喜ばれると、こちらまで照れてしまう。ルィードに望まれ、握手もしていると、ふいに他の劇団員から声をかけられた。

「クロ、あなたにお届け物よ」

「私に？」

なんだろう。私が首をかしげていると、楽屋に置いておいたわ、と伝えて彼女は去っていった。

疑問に思いながらも楽屋に向かうと、そこには、メッセージカードが添えられたスターチスの花束があった。

『君の成功の証《あかし》に』

そう、綺麗な筆跡で書いてあるけれど、贈り主は書かれていない。けれど、すぐにわかった。

「……旦那様だわ」

『クロ』は、まだ誰にも花を贈られたことがない。だから、これは初めての花束だった。

傷つけないように気をつけながら、花束をそっと抱き締める。

「ふふ……」

旦那様はどんな顔でこの花を贈ってくれたのだろう。平然としていたけれど、今朝にはもう私に贈ることを決めていてくれたのだろうか。

想像して思わず、笑ってしまう。

とても、とても、嬉しかった。

◇◇◇

「それで、彼女の舞台は？」

彼女のことだから、もちろん素晴らしい出来だったに違いないが。

そう思いながら尋ねると、ルィードは興奮気味に話し出した。

「それはもう、素晴らしかったですよ!!　ライバル役の切なさが特に素敵でした」

切なさ。そうか。彼女は、恋に破れる役だったな。

そこまで考えてふと思い出した。

彼女は隣国の第二王子の婚約者だった。けれど、その座を元平民にとられ、今に至る。

彼女は、元婚約者のことをどう思っていたのだろう。

恋敵《こいがたき》をいじめるほど深く愛していたのだろうか。

そして、私はいつか——彼女にそれほどの情熱を向けてもらえるだろうか。

考え込んだ私に、何か勘違いしたらしいルィードが、あるものを差し出した。

「陛下、元気を出してください」

きっと、今度は公務も落ち着いていますよ、と言いながら、色紙を手渡してくる。

そこには、飾り文字で『クロ』と書かれていた。

「保存用と観賞用と陛下用に、三枚書いていただきました」

残り二枚は私へのメッセージ付きなのであげませんよ！　と釘を刺された。つまりは、これは彼女のサインらしい。

そっと、色紙を撫《な》でる。

彼女のサインを見たのは、結婚誓約書以来だ。

そう、結婚。私たちは結婚している。

彼女が、かつて誰を愛していようと——。今の彼女がいつか私を見てくれる日が来るといいと、そう思う。

◇◇◇

「おはよう、カミラ」

私が昨日旦那様からもらったスターチスの花束を眺めていると、カミラがやってきた。

「おはようございます。お早いですね」

「ええ、そうなの。なんだか目が覚めて」

昨日の舞台の熱が、まだ残っている気がした。それに『クロ』に初めて贈られた花束もとても嬉しかった。

身支度をし、最後に鏡でおかしいところがないか確認して朝食の席へ。

旦那様は、私と目が合うと微笑んだ。

「おはよう」

「おはようございます、陛下」

そして、朝食が始まる。私は最初、花束を贈ってくれたことに、なんてお礼を言おうかと考えていた。でも、旦那様はカードに名前を書かなかったし、昨日も何も言わなかった。

だから、直接感謝の気持ちを伝えるのは、違う気がして。かわりに、遠回しにお礼を言う。

「昨日、スターチスが咲きました」

「……そうか」

「とても綺麗で、嬉しいです」

私がそう言って微笑むと、旦那様はなぜか少し目をそらしつつ、口角を上げた。

「それはよかった」

……それっきり、会話はなかったけれど。

無言でも気まずいとは、思わなかった。

指摘

「それで、今日の彼女の様子は？」

彼女に昨日贈った花は、無事気に入ってもらえたようだった。そのことに安堵するだけで精一杯で、今日はあまり話しかけられなかった。明日こそ、もっと話を弾ませよう。そう思いながら報告を聞く。

「今日は劇団がお休みだったので、まずは絵画教室に行かれました」

絵画教室か……

「彼女の絵の調子は？」

「はい。講師の指導により、少しずつ上達なさっています……と言いたいところですが」

「が？」

なんだろう。私が首をかしげると、ルィードは続けた。

「王妃様の絵の個性が強く、子供たちにはまだまだ伝わりにくいかもしれません」

「……なるほど」

まぁ、私はわかりますけどね！　と激しい主張をしたあと、ルィードは咳払いをした。

「……それから、陛下」

「どうした？」

深刻そうな表情に、姿勢を正す。

「……その、講師が王妃様を食事に誘って」

「……なんだと？」

彼女を、食事に？

「お前は誘われなかったのか？」

「今日は休憩時間ではなかったので、潜《ひそ》んでいました」

予定の組み方を間違えてしまって……と、続けた。ルィードにしては珍しいミスだな。それにしても彼女と、食事だと？　彼女はとても美味しそうに食事を食べる。ただでさえ、気難しいと有名な講師と仲良くなったのだ。美味しそうに食事を食べる彼女を見て、講師が恋に落ちても不思議ではない。

「……それで、彼女は？」

まさか、その講師と共に食事をとったのだろうか。

「『友人』に誤解されたくないのでやめておくとおっしゃっていました」

「っ！」

自惚《うぬぼ》れでなければ、友人というのは私のことだろう。

「講師は、その言葉であっさり引きましたが……」

ただ、でも、やはり。友になりたいと言ったのは私だが……彼女の中の私は夫ではなく、友なのだ。初夜に夫であることを放棄したのは私で、だから、私が悪い。

「陛下はこのままであることを放棄したのは私で、だから、私が悪い。

全くよろしくない。よろしいはずがなかった。

「だが……」

今の友人関係が、居心地がいいというのも確かだった。彼女は、友人の私を拒絶しない。でも、私が友人の枠を越えてしまったら。彼女は私を拒絶するかもしれない。初夜に自分から拒絶しておいて、私は拒絶されるのが怖かった。

「そもそも、陛下は、謝罪、なさっていませんよね」

「っ……!?」

そんなこと、あるはずが――

けれど、記憶を手繰《たぐ》り寄せると、確かに私は彼女に謝罪をしていなかった。

「今更すぎる、と思われないだろうか……」

「思われるかもしれませんが、それでも謝罪をしない理由にはならないのでは？」

唇を噛む。それは、確かにそのとおりだった。でも、何に対して謝ろう。初夜をすっぽかしたことについて？　だが、それを謝り、許しをこうのは、彼女に行為を強いることと同義なのではないか。

だったら、謝るべきはやはりもっと根本的な部分だろう。

「彼女のことを知りもせずに、先入観で見ていたことを、謝ろう」

そうだ、それが一番、私が彼女を傷つけてしまったことだろう。

隣国での噂はいまだ錯綜《さくそう》しており、何が真実かわからない。だから私は、私が見た彼女を信じる。

最初から、そうすべきだった。なぜ、そうできなかったのか、我ながら理解できない。

まだ彼女が起きているかわからないが、謝るなら早いほうがいい。

そう思い、席を立った。

◇◇◇

「うーん」

眠くなってきた。そろそろ寝ようかしら。そう思って、寝支度を整えようとしたとき、カミラがやってきた。

「王妃様、陛下がいらっしゃいましたが、いかがなさいますか？」

「陛下が？」

少しだけ考えて答える。

「わかったわ。お通ししてちょうだい」

「かしこまりました」

旦那様はすぐにやってきた。

「夜分にすまない」

「いいえ。どうなさいました？」

旦那様は、なぜか緊張したように目をさ迷わせた。

それに首をかしげていると、旦那様は一度深く息を吐き出し、花束を差し出した。マーガレットの花束だ。

「君を知ろうともせずに、噂に翻弄《ほんろう》されたまま君を傷つけたことについて、謝りたい。……本当にすまなかった」

そう言って、頭を深く下げる。

「あ、頭を上げてください」

この人は一国の王だ。簡単に頭を下げていい人じゃない。

けれど、そう言ってもなお、旦那様は頭を下げ続ける。

「本来なら、友人になってほしいと言う前に、謝罪をしなければならなかった。本当にすまない」

「……陛下」

私は、別に傷ついていない。だって、あれは物語の強制力のせいだろう。旦那様の意思ではなかったんじゃないかと思ってる。

それに。

「陛下、私、陛下と友人になれたこと、とても嬉しく思っています。なので、全く怒っていません。だから……」

頭を上げてください、ともう一度言うと、ようやく旦那様は頭を上げた。

旦那様に愛せないと言われるのは物語の強制力で決まっていた結末だとしても、私が旦那様と友人になったのは、決まっていなかった未来だ。

そして、それは、きちんと旦那様が私と向き合ってくれた証《あかし》でもある。

「ありがとう」

旦那様はほっとしたような、だけどそれだけではない、複雑な顔をしていた。何か思うところがあるのかもしれない。けれど、旦那様はそのことには触れずに、花束を再び差し出す。

「よければ、これを受け取ってくれないか？」

「ありがとうございます」

マーガレットを受け取る。花言葉は確か——誠実。

旦那様にぴったりな花言葉だ。

「今後も末永くよろしくお願い致します」

「こちらこそ、よろしく頼む」

旦那様に向かって微笑む。

マーガレットが、優しく揺れた。


旦那様に謝罪をされてから、数日。

「これで、今日の教室を終わります」

その言葉に筆を置き、息をつく。今日の絵画教室は『好きな花』がテーマだった。

「クロさん」

講師のアズールに話しかけられる。

「はい」

「クロさんは、アネモネの花が好きなのですね」

「はい。好きです」

正確には、好きだった、だけれど。

遠い過去に思いを馳《は》せる。

『クロア、クロアに花をあげる』

『花、ですか……？』

幼いダリウス殿下が差し出したのは、大輪の紫のアネモネだった。

『この花にはね、あなたを信じて待つ、という花言葉があるんだって』

『そうなんですね』

『だから、クロア——もし、僕が間違ってしまっても、信じて待っていてくれる？』

その問いに、私はなんて答えただろうか。思い出せない。私は待てなかった。――いいえ、ダリウス殿下は間違えなかった。運命を選んだのだ。

そんなことを考えながら薄く微笑むと、アズールはなぜか、視線をそらした。

「ですが、先生はよくアネモネだとわかりましたね」

以前子供たちの前で描いたのも、このアネモネの花だ。花ということにすら気づいてもらえなかったけれど。今でも私の絵画の腕はあまり変わっていない。

「見ていますからね」

さらりと言われた言葉に驚く。なるほど、さすが講師ね。観察眼も持ち合わせているということだろう。

「それに……好きですから」

「え？」

「あなたの……絵が。とても柔らかくて温かみがある。あなたが本当に万人に伝わる絵が描きたいと思うなら、それを教えますが……」

アズールが形のいい目を細めた。

「僕は、できればあなたのその個性を生かしたいと考えています」

私は別に画家になりたいわけではない。子供たちと絵しりとりができたら十分なのだ。でも、せっかくそう言ってくれたのだから、私の個性とやらを大事にすべきだろうか。

私が悩んでいると、アズールは微笑んだ。

「今すぐでなくてもいいので、どちらが自分にとっていいのか、考えてみてください」

「はい、ありがとうございます」

それにしても、アズールは全く気難しそうに見えない。ルィードは、アズールを苦手としているようだけれど、その理由がわからなかった。

◇◇◇

「……というわけで、王妃様は紫のアネモネがお好きなようですね」

今度贈られてみては？　と言われたので、頷く。

「ルィード」

「はい」

「その講師、本当に大丈夫なのか？」

彼女に対する態度が、その講師の人物像とずいぶんと違う気がする。

私がそのことを指摘すると、ルィードは続けた。

「……そうですね。私の直感によるとかなり怪しいかと。今日なんか、告白をしていましたし」

「告白!?」

ま、まさか。彼女に好きだと告げたのか。私なんて、ようやく彼女に謝罪をすることができたばかりだというのに。

「いえ、王妃様の絵が好きだという告白です」

その言葉にほっと息をはく。

「ですが、あまりうかうかはしていられないかと」

「……そうだな」

彼女は、魅力的だ。それに、彼女の元婚約者の第二王子は、現在の婚約者とあまりうまくいっていないと聞く。

「私は……」

彼女といつか、夫婦になりたい。

そのために、何をすべきだろう。

「まずは毎日、笑顔で挨拶をすることから始めては？」

私だってそのくらい……と抗議をしようとして、そういえば、彼女の前で笑ったことがあまりなかったな、と気づく。

「そうする」

私が頷くと、ルィードは消えた。

◇◇◇

大きく伸びをする。今日もいい朝だ。やってきたカミラに挨拶をして、身支度を整える。

「……」

カミラが開けてくれた窓から気持ちのいい風が吹き抜けた。その風で、スターチスとマーガレットが揺れる。

「――よし」

今日も一日楽しく過ごそう。

朝食の席に向かうと、旦那様はすでに席についていた。旦那様の紫の瞳と目が合う。

「……？」

最近そらされることの多い目は、そらされなかった。その代わりに、旦那様がぎこちなく微笑みを浮かべる。

「おはよう」

「おはようございます、陛下」

私もそれに応えるように微笑んだ。今朝は旦那様の機嫌がいいのかしら。

そんなことを考えつつ、朝食をとる。

朝食はいつもお互いに無言なのだけれど、今日はなんだか様子が違った。

「君は……」

「はい」

「何が好きなんだ？」

何、とは、ずいぶんと範囲が広い。けれど、そうね。そう言われて真っ先に思い浮かぶのは――

「……食べること、でしょうか。この城の食事はとても美味しくて、好きです」

量が以前と比べて増えたのも、嬉しいポイントだ。

「そうか」

旦那様はそれきり黙ってしまう。でも、拒絶する雰囲気ではなかったので、私も話しかけてみることにした。友人だもの。互いのことを知るのは大事よね。

「陛下は、どんなものがお好きですか？」

「……き」

「き？」

き、の続きはなんだろう。首をかしげると旦那様は顔を赤く染めて誤魔化すように咳払いをした。

「いや、なんでもない。そうだな、身体を動かすのは好きだ」

「そうなのですね」

確か、毎朝鍛練していると噂で聞いたことがある。鍛練ならわずかな間だけれど、私も剣術道場でしたことがある。

今日は、久しぶりに道場に行こうかしら。そんなことを考えながら、朝食を口に運んだ。

◇◇◇

「今日の王妃様は久しぶりに、剣術道場に行かれました」

ルィードの報告に耳を傾ける。

「そうか。それで……？」

「その後は、大衆浴場で汗を流されたあと、劇団へ。今日は舞台があったのですが、今日の王妃様もとても素晴らしかったです！」

あ、これ、前回売り切れていて買えなかった陛下用の劇のパンフレットです、とルィードが差し出してくる。

「そうか。そのあとは？」

「子供たちとヒーローごっこをなさいました」

王妃様は様々なやられ方をして、子供たちもおおはしゃぎでしたねと付け足し、ルィードは続けた。

「夕刻になったので、子供たちと別れ、劇の打ち上げに参加されました」

私も下働きとして打ち上げに参加しましたが、料理がとても美味しかったです、ときらきらした笑みを向けてくる。

「ですが……」

「どうした？」

ルィードが表情を曇らせる。

「打ち上げのときに、お店に花が届けられました」

劇団の打ち上げはいつも決まった店ですから、ファンからその店に花が届けられること自体は珍しくはありませんが、と前置きをする。

「『クロ』宛てに、アズール……例の講師からの花も届いていて……」

「そうか……」

講師が彼女のファンなだけならいい。けれど、そうでないのなら、ということをルィードは心配しているのだろう。

「花は王妃様のお好きなアネモネでしたし……」

む。それは……どうだろうか。

やはり、彼女のことを――

「今後も動向に注意しておきますね」

「ああ、頼む」

想いの先

夢を見る。

「ダリウス殿下」

名前を呼ばれて振り返ると、君が、笑っていた。

「どうしたんですか？　そんなに泣いて」

泣いている？　僕が？

君がそう言いながら僕の頬をぬぐった。そうされて初めて気づく。僕は、泣いていた。

「本当に、泣き虫なんですから」

君は、困ったように眉を下げて、でも……と続けた。

「大丈夫ですよ」

そう言って、君が笑う。

「だって、ダリウス殿下には……」

とん、と胸を押された。まるで、励ますように。

「あの子がいるから」

あの子。誰かわからない。

いつだって、泣き虫な僕を支えてくれるのは、君だったから。

「僕には、クロアがいたらいい」

そう言って抱き締めようとする。

けれど、クロアはその腕を押し退《の》けた。

「……嘘つき」

「え？」

僕は、クロアに嘘をつかない。つかなかった、はず……。だって、僕は……僕が好きなのは。

記憶が曖昧《あいまい》になる。ぐちゃぐちゃとして、この想いの先がわからなくなる。

「ク……」

君の笑顔が遠ざかる。

僕は……。僕が好きなのは。

「サナ？」

声に出して、はっとする。

僕は、どんな夢を見ていたのだろう。

「ダリウス殿下？」

侍従の声に飛び起きた。

「サナに会いに行く」

「夜分ですし、寝ておられるかも――」

それでも、サナに会いたかった。

サナは、最近なぜか会ってくれないけれど。――僕は、失ったものから目を背けるように、得たものを数えようとした。

眩《まぶ》しさ

空を見ていた。空からこぼれる光は、まっすぐに私を差した。その眩《まぶ》しさはまるで、あの子――

サナのよう。

『ダリウス殿下！』

甘い声でころころと笑うさまは、私にはない輝きを秘めていた。

もし、私があの子のようだったら。

そしたら、ダリウス殿下は、私を――

「クロさん」

名前を呼ばれて、はっとする。

「はい。アズール先生」

今日は絵画教室の課外授業として、外に出て絵を描こうという話になったのだ。せっかく王都の端にある見晴らしのいい丘までやってきたというのに、考え事をしていてはもったいない。

けれど、そんな私を責めることなくアズールは微笑んだ。

「クロさんの描きたいものを、自由に描いていいんですよ。今日は、そういう回です」

私の、描きたいもの。

元々、子供たちと絵しりとりをしたくて始めた絵画教室だ。だったら、子供たちの好きなもののほうがいい――そう思う。

でも。

「ここにないものでもですか？」

「ええ」

私が尋ねると、アズールは頷いた。だったら、私は――

数刻して、カンバスに走らせていた筆を置く。

「これは見事な料理ですね」

アズールは、私の絵を見るとにこりと笑った。私が描いたのは、この国で食べた料理の数々だった。この国に来て、私は様々なものを食べた。ときには、一人で。ときには、旦那様と。ときには、ルィードと。

お腹が満たされると心が満たされるという。

私は、間違いなくこの国に来て、幸せだ。

そのことを描きたかった。

「……ありがとうございます」

「本当に美味しそうですね」

そうだろうか？　子供たちにはまた、何これ、と言われそうな出来だけれど。

「ルィくんが、今日お休みなのを残念がりそうです。彼は、クロさんのファンですから」

ルィードは今日は絵画教室に参加していない。……といっても、きっと、陰から私を見守ってくれている。だから、この絵もどこかで見ているのだろうけれど。

「もちろん、僕も……好きですよ」

アズールがそっと囁《ささや》いた。

「ありがとうございます」

笑顔でお礼を言うと、アズールは意外そうな顔をした。

「あなたは、本当に……予想外な方だ」

「予想外、ですか？」

私の絵が突拍子もない、ということだろうか。でも、料理という題材自体はありきたりだし。

私が首をかしげると、アズールは、ええ、そういうところが、と言って微笑んだ。全く意味がわからない。

でも、まぁ、いっか。

◇◇◇

「クロです！」

今日の報告をさせようとすると、ルィードはいきなり叫んだ。

「落ち着け、彼女がどうしたんだ？」

「いえ、王妃様はクロですが、そうではなく——あの絵画教室の講師、ぜったい黒！　真っ黒です」

絵画教室の講師の疑いといえば——

「彼女に好意を抱いていると？」

「ええ、はい。今日なんて、あっまーく、僕も好きですよ、なんて囁《ささや》いてましたからね」

しかも、私をだしに使って。

ルィードがそう苦々しく続ける。

「ちょーっと顔がいいからって、みんな落ちてきたっていう顔をしていました」

私の純粋なファン心と邪《よこしま》な下心を一緒にしないでほしいと、憤慨《ふんがい》しているルィードを落ち着かせて話を聞く。

「彼女も落ちたのか!?」

「王妃様は全くスルーでしたけどね」

そこがまた、お気に召したようで、とルィードが吐き捨てる。

……よほど、その講師と馬が合わないんだな、と感じつつ、私は息をつく。

彼女が、講師の好意をスルーしたのは気づかなかったからだとしたら、私の想いもかなりはっきり言わないと彼女に伝わらないだろう。

私は、彼女に伝えられるだろうか。

片目を閉じて

「サナ！」

サナの部屋を訪ねる。

「ダリウス殿下、サナ様はもう眠っておいでですので……」

また、翌朝いらしてください、とやんわりと侍女に断られる。

「翌朝になれば、本当に会えるのか？　サナはいつも会ってくれないのに」

「っ！」

僕の言葉に侍女が息を呑む。サナは最近僕を避けている。それは、紛れもない事実だ。

僕の責めるような視線から逃れるように、侍女はそっと目を伏せた。

「……翌朝には、必ず」

「その言葉、信じるぞ」

僕は、何があってもこの恋を続けなければならないのだから。

「……はい」

確かに頷いたのを確認して、自室に戻る。

サナに会えたら、何を話そう。

そんなことを考えているうちに、眠りに落ちた。


翌朝。約束どおり、サナを訪ねる。

「昨晩はお相手ができず、申し訳ありませんでした」

そう言ってサナは、僕から視線をそらした。僕は、それには気づかないふりをしてサナに笑いかける。

「いいんだ。サナ、話をしよう」

「話、ですか？」

以前のサナなら、もちろん、と微笑んでくれていた提案。なのにサナが一瞬困惑を浮かべたのを、見逃さなかった。見逃せなかった。

「サナは……」

僕のことを、好きではなくなった？

一番、聞きたいことを聞こうとして、やめる。

それを聞いてどうする。僕の今の婚約者はサナで、僕たちはいずれ結婚する。それを問い詰めて、溝が深まってしまったら、もう二度と戻れなくなる。

「サナは、どんな食べ物が好き？」

代わりに思い浮かんだ話題は、ありきたりなものだった。

「甘い食べ物が好きです」

「そうなんだ」

だったら、今度は甘いお菓子を持ってくるよ、と言って、微笑む。

「……ありがとうございます」

お礼を言って微笑み返してくれたサナにほっとする。大丈夫。僕たちは、まだ、やり直せる。この恋を続けられる。

「ダリウス殿下、そろそろ……」

「もう、か？　ようやくサナと話せたのに――」

侍従の言葉に、もう少しだけ、と返そうとして、安堵を浮かべたサナに気づいた。

今日はもう、ここまでにしよう。

幸い、僕たちが結婚するまで時間がある。それまでに、少しずつ、得たものを確かめていこう。

大丈夫だ、だから、焦るな。

自分にそう言い聞かせて、立ち上がる。

「サナ、僕の……愛しい婚約者。また、来るよ」

「はい。ダリウス殿下」

サナが、僕を呼ぶ声は相変わらず、甘い。

そこに、凛《りん》とした色を探そうとした自分に気づかないふりをして、僕は、サナの部屋をあとにした。

嵐

「……陛下」

ルィードに呼ばれて、顔を上げる。

「考え事ですか？」

「……あぁ」

彼女のことを、考えていた。今度、隣国の王族も参加する夜会が催《もよお》されることになった。それは、両国の友好を示すためのもの。当然彼女の元婚約者――ダリウス王子も来るだろう。新たに婚約者になった、聖女サナも連れて。

「……あの夜会。彼女は、大丈夫だろうか」

心配だ。彼女にまだダリウス王子に対する気持ちがあっても、なくても。

私の一言で察した顔をしたルィードは、頷いた。

「確かに。さすがに今回ばかりは、王妃様に参加してもらわなければなりませんものね」

「……あぁ」

なんと彼女に話を切り出そう。

悩む私に、ルィードは大丈夫ですよ、と言った。

「王妃様は、強いお方です」

「そう、だろうか？」

彼女が、強い？　確かに彼女は強い。私がひどい言葉を投げつけたときも、眉ひとつ動かさなかった――のは、私に興味がなかったからかもしれないが。

だが、本当の彼女はとても繊細な気がした。そんなこと彼女に言ったら、怒られるかもしれないが。

ため息を漏らした私を励ますように、ルィードが明るく今日の報告をする。私はルィードの語る彼女の様子に耳を傾けた。

◇◇◇

朝食の席での旦那様の言葉にぱちぱちと瞬《まばた》きする。

「夜会、ですか」

「……あぁ」

夜会なんてこの前あったばかり――と思ったけれど、わりと時間が経っていた。

「それも、ただの夜会じゃない」

旦那様の続く言葉によると、私の祖国とこの国の友好を示すためのものらしかった。

旦那様が心配そうな顔で私を見る。

「大丈夫か？」

「ええ、はい。もちろん、出席します」

元はといえば、この国と友好を結ぶために嫁がされたのだ。その役割をすっかり忘れていたけれど。

そんな私が欠席するなんて、いくらニートとはいえ、あってはならない。旦那様に恥をかかせる……だけでなく、また、戦争が起きる可能性がある。ニートもたまには働くべきときが来るのだ。

力強く頷くと、旦那様はほっとした顔をした。

「……大丈夫です、失言はしません」

「いや、そんなことを心配しているのではなく――」

私の行動を心配されているのかと思ったけれどそうじゃないようだ。となると――

「……私は、クロア・アイザルシアです」

あなたの妻です、とは言えなかった。だって、旦那様とは友人だから。

「……そうだな」

旦那様が、形のいい唇の端を上げて、微笑む。

朝食の時間は和やかに過ぎた。


鏡には、新たに旦那様から贈られたドレスとアクセサリーを身につけた私が映っている。

「……よし」

意図して明るい声を出した。今日は、とても重要な夜会だ。

「王妃様、とてもお似合いですよ」

カミラがそう太鼓判を押してくれた。

「ありがとう」

それに微笑んで、席を立つ。そろそろ旦那様が来る頃合いだろう。

旦那様はほどなくして、やってきた。

「……似合ってる。とても」

少し照れたような顔をして、そう言ってくれた。それに、ありがとうございます、と微笑んで、そっとその腕に手を乗せる。

大丈夫。私は、クロア・アイザルシアだ。

そのことを忘れない。そしたら、きっと、大丈夫。

そう心に言い聞かせて、自分のでき得る限り最高の笑みを浮かべた。

◇◇◇

ホールに入場する。隣で微笑む彼女に気取られないように、そっと、息を吐き出した。

彼女は、いつも以上に元気に見える。

そのことが、少し気にかかった。

けれど、彼女が弱さを見せないのなら、それを暴きたててはいけない。だから、その代わりに——。私は、彼女の夫だ。彼女のことを支えられるように、常にそばにいよう。

そう心に決めて、まっすぐ前を見た。

開幕の挨拶を終え、主催者としてダンスを踊る。彼女はとても軽やかに、幸福そうに、踊る。

私もそんな彼女に応えるように笑みを浮かべた。

——そうして、ダンスを終えて。

隣国の王族やその婚約者たちとの挨拶が始まる。

彼女は、そこでも普通だった。

ダリウス王子や聖女サナを前にしても、揺らがない。

彼女は、私が想像するよりもずっと強い人だった。

私がそう思ったとき、隣国の王が提案をする。元婚約者として、そして、現在は良き友として。つもる話もあるだろうから、ダリウス王子と彼女で踊ってはどうかと。

「っ⁉」

な、にを――

動揺した私に、けれど、彼女が大丈夫だというように微笑んだ。

……っ。

そんな顔をされては、断れるはずがなかった。

彼女の手が私から離れる。

私は、彼女とダリウス王子が踊るのを、眺めていた。

◇◇◇

君と、踊る。

君と踊るのは、いつぶりだろう。

僕が君の手を取ると、君は微笑んだ。けれど、君の笑みは僕が好きだった眩《まぶ》しい笑みじゃやなかった。

——何かに耐えているように、僕には見えた。

「……君は」

ホールの中央で踊る。

踊りながらそっと君に話しかける。けれど、なんと続けたらいいのか、迷った。

僕たちはもう婚約者じゃない。

婚約者では、なくなってしまった。

それでも迷った挙げ句、僕は切り出した。

「……苦しい?」

「……いいえ」

君の瞳がほんの一瞬だけ揺らいだ。そのことにひどく満足感を覚える自分がいることに驚く。僕の今の婚約者はサナで。サナのことが好きなはずなのに。

「ダリウス殿下は……」

君が僕に尋ねる。

「お幸せですか?」

「っ……」

今度は、僕が揺らぐ番だった。

僕は、幸せだ。幸せじゃないと、いけない。

それなのに。

何も、答えられない。

黙り込んだ僕に、君が心配そうな目を向ける。

――それきり、黙りこくったまま、ダンスを終えた。

心に落ちた影

「ダリウス殿下、ありがとうございました」

「……こちらこそ」

彼女が、私のもとへ帰ってきた。

彼女は相変わらず微笑みを浮かべているが、ダリウス王子は、どこか暗い顔をしていた。

何を話したのだろう。

気にはなりつつも、彼女が無事に帰ってきてくれたことにほっとする。

それからいくつか言葉を交わし、隣国との夜会は、終わった。

「陛下?」

彼女の部屋までエスコートして、立ち止まる。そんな私を不思議そうに彼女が見た。

「クロア」

「はい」

そっと、その頬に触れた。

「……大丈夫か？」

彼女が目を見開いて、それからゆっくりと瞬《まばた》きをした。

「はい。大したことは、話さなかったので」

「……そうか」

ですが、と彼女は続ける。

「お気遣いくださり、ありがとうございます」

ふわり、と微笑んだ。

「……っ！」

とても柔らかくて、眩《まぶ》しい笑みだった。

思わず彼女の身体を引き寄せかけて、慌ててその手を引っ込める。

「陛下？」

挙動不審な私に、彼女が再び不思議そうな顔をしたけれど、それに気づかないふりをした。

「おやすみ」

「ええ。おやすみなさい」

扉が閉まるまで、ずっと、その場から動けなかった。

先程の笑みの余韻がまだ残っていた。

私はやはり、彼女に恋をしている。

夜会が落とした影から目を背けるように、彼女の心が一日も早く私を見てくれることを、願った。


夜会がおこなわれた数日後。ルィードの報告に耳を傾ける。

「今日の王妃様は、クッキーの詰め放題に参加されました」

「詰め放題？」

なんだそれは。私の疑問に答えるように、ルィードはクッキーが詰められた袋を見せた。

「参加者はまず店主から専用の袋を買って、その袋に入るだけのクッキーを得ることができる、というものです」

これは私のものですが、王妃様の詰め方は実に見事で私の二倍は詰められていました、とルィードは付け加える。

なんとなく予想がついていながらも、痛む頭を押さえて聞く。

「なぜ、お前も？」

「休憩時間でしたので」

このクッキー、とても美味しいです、陛下も一枚食べますか？　とルィードがクッキーを差し出したので、ありがたく一枚もらう。

確かに、クッキーはさくさくして、とても美味しかった。

「美味しいな」

「でしょう？」

本当に美味しいですよね、と言いながら自らもクッキーを食べ始めたルィード。食べ終わるのを待って続きを報告させる。

「王妃様は詰めたクッキーを完食なさったあと、孤児院の子供たちと遊ばれました。今日は、小さな板を並べて倒すという遊びでしたね」

「板を並べて倒す？」

「はい」

こんな感じです。とルィードがどこからともなく板を取り出し、それを綺麗に並べたあと、倒した。ひとつを倒すとそれが隣の木の板を倒す。この連鎖で次々と板が倒れていった。

なるほど、これは爽快感がある。

「その他に、彼女に変わった点は？」

「そうですね……」

私の気のせいならいいのですが、とルィードは続けた。

「あの夜会以後、ぼんやりされることが多くなった気がします」

「……そうか」

彼女は、大したことは話していない、大丈夫だ、と言っていたが、やはり大丈夫ではないのだろう。

心配だが……けれど、どう話を切り出す？

大丈夫だと言ったのになぜ蒸し返すのだと、鬱陶《うっとう》しがられても嫌だ。

でも、このまま放っておいていいわけがなかった。放っておきたくなかった。

「……彼女のところへ行ってくる」

眠っているならそれでもいい。睡眠は、大事だ。けれど、眠れぬ夜を過ごしているなら、少しだけ話したかった。

彼女とダリウス王子が何を話し、彼女が何を感じたのか、知りたい。

私は彼女の夫なのだから。彼女に寄り添いたかった。

「……陛下？」

部屋で出迎えてくれた彼女の瞼《まぶた》は少し赤かった。

その姿を見た時、息が止まるかと思った。泣いている可能性を考えなかったわけではない。

それでも、実際に目にするのと考えるのとではかなり差があった。

「泣いていたのか？」

「……はい」

彼女が俯《うつむ》きがちに頷く。

「私に……わけを話してはくれないか？」

ダリウス殿下とのダンスがやはり原因だろうか。

「……大したことではないのです」

彼女がそっと囁《ささや》く。

「大したことではなくとも、君が傷ついたのなら聞きたい」

私が彼女の瞳を見てそう言うと、彼女は恥ずかしそうに視線をそらした。

「……です」

「え？」

あまりにも小声だったので聞き返すと、彼女は早口で言った。

「詰め放題の私の腕が落ちていたのが悔しかったのです」

「詰め放題……？　腕？」

彼女の言葉を繰り返し、ようやく内容が頭の中に入ってきた。確かにルィードは、彼女がクッキーの詰め放題をしたと言っていた。

「だが、ルィードの二倍は詰めることができたんだろう？」

「前の私だったら、三倍はいけました」

悔しさをまた思い出したのか、彼女の瞳に涙が滲《にじ》む。

「……そうか。それなら、また、挑戦すればいい」

「もう同じ詰め放題には挑戦できません！」

クッキーの種類が毎回違うのです！　と泣きながら訴える彼女に、私は――

「……陛下？」

彼女が不思議そうに私を見るが、たえられなかった。

「ふ、あはははは！」

思わず大声で笑ってしまい、それから、驚いた顔の彼女に気づく。

「……すまない。君は真剣なのに、笑ったりして」

「いいえ。笑っていただけたら、何よりです。おかげで少し悔しさがなくなりました」

それに、と彼女は付け足す。

「陛下が、そんなに楽しそうに笑っているの、はじめて見ました」

陛下の笑顔が見られて嬉しいですと微笑まれ、照れてしまう。

「今度……」

「え？」

「今度、一緒に詰め放題に挑戦しよう」

私がそう言うと、彼女が信じられないものを見るような顔をした。

「本当ですか？」

「ああ。本当だ」

強く頷く。

「……じゃあ、約束ですね」

そう言って、彼女が小指を差し出す。

「ああ。そのときは私にぜひコツを教えてくれ」

彼女の小指と自分の小指を絡ませた。

「……で、デートの約束を取り付けて楽しげに帰ってきたと」

ルィードの呆れた声が耳に痛い。

「王妃様に、ダリウス王子と何を話したのかお聞きになるのが目的だったのでは？」

「そうなんだが……」

どうも、そんなことを聞ける雰囲気ではなかった。

「何はともあれ、はじめてのデート、良かったですね」

「……あぁ」

そのときに、さりげなく彼女に聞いてみよう。

小さな幸せ

「おはようございます、王妃様」

「おはよう、カミラ」

私が朝の支度を整えていると、カミラがやってきた。カミラは私を見ると、首をかしげる。

「王妃様、何かいいことでも？」

「え？」

「とても嬉しそうなお顔をされているので」

思わず、自分の頬に手をやる。指摘されるほど、感情があらわになっていたなんて。

「……ええ、そうなの」

少し照れ臭く思いながらも、微笑んだ。

とても――とても、いいことがあった。

旦那様と、お出かけをする約束をしたのだ。

他愛もない約束だけれど、私はとても嬉しかった。

「それは良かったですね」

カミラが柔らかく微笑む。私がこの国に嫁いだばかりのときと比べて、カミラは随分と柔らかい表情を見せてくれるようになった。

そのことも、とても嬉しい。

私は幸せだわ。

そう思いながら、朝食の席に向かった。

「おはようございます、陛下」

「ああ、おはよう」

旦那様は私に気づくと、顔を上げ、微笑んだ。旦那様も、様々な表情を見せてくれるようになった。昨夜の笑顔もそうだけれど、これからもっともっとたくさんの表情を見ることができたらいいな、と思う。

運ばれてきた朝食を味わって食べていると、旦那様が切り出した。

「昨夜の件だが……」

「っ！　はい」

「今週末はどうだろうか？」

今週末まで、あと三日。思った以上に早く叶いそうな約束に驚くのと同時に嬉しくなる。

「はい、陛下のご都合がよろしいのであれば」

「では、今週末にしよう。……楽しみにしている」

「私も、楽しみです」

旦那様に向かって微笑んだ。

◇◇◇

「……それで、今日の彼女は？」

私が報告を促《うなが》すとルィードはにやにやしながら、話し出した。

「王妃様は週末をとても楽しみにしておいででした」

「……そうか」

彼女の口からも楽しみだと聞いたが、こうして改めて言われると照れ臭いものがある。

思わず上がりそうになった口角を隠すように、口元を手で押さえる。ルィードはそんな私に気づかないふりをしてくれた。

「今日の王妃様は、劇団で、新たな劇の稽古《けいこ》に励まれたあと、孤児院の子供たちと、影踏みをして遊びました」

影踏みか……

「王妃様が鬼役でした。王妃様はなかなか素早い動きでしたね」

ちなみに、私の影も踏まれてしまいました、と続ける。

当然のように参加しているのは、どうせ休憩時間だったのだろうと、流すとしても。

「お前の影が？」

ルィードは身長が高いから、自然と影も大きくなる。それでもルィードの影を踏むなんて、なかなか彼女はすばしっこいらしい。

「ええ」

さすがにショックだったので、今日から休憩時間も少しだけトレーニングに励もうと思います、とルィードは頷いた。

「ぜひ、そうしてくれ」

この影は休憩時間に貪欲すぎるところがあるから、それくらいでちょうどいいだろう。

「……ところで」

そこで、ルィードが表情を変えた。

「どうした？」

「これ、どうしますか？　――王妃様に宛てられた聖女サナからの手紙です」

「聖女サナから？」

王族への手紙や荷物は、国王からの親書を除き、必ず影が事前にチェックをする。だから、手紙の内容をルィードは知っているのだ。

だが……よりにもよって、聖女サナからクロアに手紙を送るとは。

思わず眉をひそめた私に、ええ、とルィードは頷いた。

「内容は、直接会って話したいことがあるとのことですが」

「……なるほど」

確かに聖女サナはあの夜会でも何か言いたげに彼女を見ていた。……しかし。

「彼女を悩ませたくないな」

真実がどうであれ、彼女にとってはあまりかかわり合いになりたくない相手であることには違いない。

「じゃあ、手紙、破棄しますか？」

破り捨てるふりをするルィードを慌てて止める。

「いや、待ってくれ……」

無断で彼女への手紙を破くのはさすがに——。私がそう言うと、ルィードは目を細めた。

「……意気地なしですね。恨まれてもいいから、王妃様にふりかかる火の粉を払いのける、とかなんとか劇のヒーローなら言うところですよ」

「……そうかも、しれないな」

そんな陛下を尊敬していますが、とルィードは続けたあと、私に手紙を手渡した。

「これをどうなさるかは、陛下次第です」

そう言い残して消えた。

◇◇◇

週末になった。

今日は、旦那様とクッキーの詰め放題に参加する約束がある。

「いい天気ね」

幸い、今日は晴れていた。旦那様のお仕事が急に忙しくなった、なんてことでもない限り、中止にはならないだろう。

私は……いつもの簡素な服があるけれど、旦那様もああいった服を着るのかしら。

旦那様はとても美しいからどんな服でも似合いそうだけれど、いつもの豪華な服でないと顔が浮いてしまいそうだ。

少しだけその姿を想像して笑っていると、カミラがやってきた。

「おはようございます、王妃様」

「ええ、おはよう」

にやにやしている私を不思議そうに見ながら、カミラが支度を手伝ってくれた。朝食の席に向かうと旦那様は何やら難しい顔をしていた。最近、よく見る顔だ。やはり、お出かけは中止になったのかしら。

残念に思いながら挨拶をすると、旦那様は顔を上げた。

「おはよう」

そう言って、柔らかく微笑む。

けれど、食事が運ばれてくるとまた、難しい顔に戻ってしまった。

……どうしたのかしら？

疑問に思うもののなんだか聞き出せる雰囲気ではなく、そのまま朝食は終わった。

「……クロア」

「はい」

「着替えたら、君の部屋に迎えに行く」

「っ！　はい」

良かった。中止になったわけではないみたいだ。

私は喜んで自室に戻った。


自室で簡素な服に着替えて待っていると、ほどなくして旦那様はやってきた。

「……行こうか」

「はい」

旦那様の姿を見る。簡素な服を着る旦那様は意外と様になっていた。それに、その姿はどこか見覚えがある気がする。記憶を手繰《たぐ》り寄せるけれど、思い出せない。

「……？」

私が首をかしげると、旦那様は不思議そうな顔をした。

「どうした？」

「いえ……」

なんでもありませんと首を横に振って、微笑む。

「本日は、よろしくお願いいたします」

「ああ、こちらこそ、よろしく頼む」

◇◇◇

城下に出てからの彼女は楽しそう、などという言葉では表せないほど、生き生きとしていた。

「次は──」

こっちに行ってもいいですか？　と、きらきらとした笑みを向けてくる。もちろん、と言いかけて、ふと、思った。

「そういえば」

「どうしましたか？」

立ち止まった私に、彼女が不思議そうな顔する。

「今の君は、『クロ』だな？」

確かそう呼ばれていたはずだと、彼女の名前を呼ぶ。

「……？　ええ、はい」

「だったら、今の、私は……」

王の責務から逃れるつもりはないが、彼女に名前を呼ばれてみたくなった。

でも、自分からそう言うのは気恥ずかしく、なんと言ったらいいのかわからない。続きを言葉にできない私に、彼女は柔らかく微笑んだ。

「……そうですね。今は――」

そして、一音一音確かめるようにゆっくりと言った。

「クリフォード様、とお呼びしても？」

「っ！」

そのときの私の感情をどうやって言い表せばいいだろう。きっと、どんなに言葉を尽くしたところで、到底表現しきれない。

名前は記号のひとつ――とまではいかないにしても、私自身を認識する最も簡単な手段だと思っていた。だから、名前を呼ばれたら嬉しいだろうとも思っていた。でも、そうか。

恋しい相手に名前を呼ばれるのは、これほどまでに、幸福なことなのか。

彼女はもしかしたら、私の名前を知らないかもしれないとさえ思っていたから、余計に幸せだった。

その余韻に浸りながら瞬《まばた》きをすると、彼女が私の顔を覗き込んだ。

「クリフォード様？」

「……あ、ああ。もちろん、そう呼んでくれ」

慌ててだらしなく上がっているであろう口角を手で隠し、いつもの表情を心がける。そこで、ふと、彼女の髪に花びらがついているのに気づいた。小さなそれは、我が国の初春を知らせるものだった。花びらを取ろうと彼女の髪に触れる。

「――」

彼女の空のような目が見開かれる。

その瞳に私だけが映っていると気づいたとき、時が止まったように感じた。

喧騒が遠くなる。

彼女の甘い香りや、髪の柔らかさ、色づいた頰。

――もっと、知りたい。

「クロさん？」

彼女の名を呼ぶ声に、はっ、と現実に引き戻される。必要以上に近くなっていた距離を認識し咄《とっ》嗟《さ》に離れて、その男に視線を移す。すっと通った目鼻立ち。

紛れもなく整っているその顔には、心当たりがあった。

ルイードの報告によく出てきた、その名は確か――

「アズール先生？」

彼女が呼ぶと、その男――アズールは心底嬉しそうに目を細めた。

「はい。クロさんの姿が見えたので、声をかけたのですが。もしかして、お邪魔でしたか？」

――邪魔だった。なんて、首を横に振る彼女の前では口が裂けても言えそうにない。

「……ところで、そちらの方は？」

探るようにアズールが私を見る。その瞳には鋭さがあった。彼女と私がどういった関係なのか気になって仕方ないのだろう。

彼女は微笑むと私を紹介した。

「こちらは、私の友人のクリフォード様です。クリフォード様、こちらは私が通う絵画教室の講師のアズール先生です」

互いに会釈《えしゃく》したところで、アズールが口を開いた。

「へぇ。あなたが、クロさんの『友人』ですか……」

その値踏みするような視線に、思い出す。そういえば、彼は一度クロアを食事に誘って、『友人に誤解されたくないから』という理由で断られているのだったな。

「……今のところは、ですが」

私がそう言うと、アズールはおかしそうに片眉を上げた。そして、私だけに聞こえるように囁《ささや》く。

「……友情の延長は友情だと思いますがね」

「――！」

つまり、彼女が私を愛することにはならないと言いたいらしい。

けれど、私はそうは思わない。友情は恋に変わり得ると、信じている。

そのための日々を積み重ねている途中だ。

私はそう答える代わりに微笑んだ。

「……余裕ですね」

そんな私を見て、つまらなそうにアズールは鼻を鳴らすと、彼女に微笑んだ。

「それではクロさん。また、次の教室でお会いしましょう」

「はい」

アズールはひらひらと手を振ると、雑踏の中に消えた。

「なんのお話をなさっていたんですか？」

不思議そうな顔をした彼女に首を横に振って、その手を取った。

「次は、あちらに行こうか」

◇◇◇

アズールと別れて、旦那様に手を引かれる。

旦那様の手は、大きい。

そのこと自体はダンスを踊ったから知っているはずなのに、なぜか改めてそう感じた自分自身に戸惑いを覚える。

誰かとダンス以外で手を繋ぐことがずっとなかったからかしら。

そういえば、先程旦那様に髪を触られたとき、まるで――

「君はこの店に来たことが……クロ？」

不思議そうな顔をした旦那様に名前を呼ばれてはっとする。

せっかくの旦那様という名の友人とのお出かけなのに、考え事をするなんてもったいないわ。

「いえ」

少しだけ考え事をしておりました、と首を横に振る。

「……っ！」

旦那様は、困ったような、戸惑ったような顔をし、それから咳払いをして私を見つめた。

「……私では、君の力になれないだろうか？」

旦那様の紫の瞳が心配そうに揺れている。

「それは……」

どうやら、私の考え事を深刻なものだととらえたようだ。

実際は些細《ささい》なことなので、少し口に出すのが気恥ずかしい。でも、自分の感情よりも旦那様を安心させるほうが大事なので、素直に話すことにした。

「クリフォード様の手はとても大きい、ということを考えていました」

「私の、手？」

旦那様は、驚いたようにぱちぱちと瞬《まばた》きをした。

「クリフォード様と比べたら、私の手はとても小さいな、と思いまして」

しっかりと口に出して、気づく。

——ああ、そうか。私は、羨《うらや》ましかったんだ。

私の手からこぼれ落ちてしまったもの。

それはもう、掬《すく》うことはできないけれど。

その代わりに今、手の中にある煌《きら》めきを大事にしようなんて、思っていた。いいえ、思おうとしていた。

私の手がもっと大きかったら、こぼれ落ちることはなかったのではないかと、きっと、そう考えてしまった。

あまりに幼稚すぎる考えに、心の中で苦笑する。もちろんそんな幼い考えを旦那様に伝えることはしない。

その代わりに、どうでもいいことを考えていてごめんなさい、と謝ろうとした言葉は、旦那様の柔らかな視線によって遮《さえぎ》られた。

「私の手は、確かにクロよりも大きいな」

旦那様は頷くと、だが、と続けた。

大きいからこそ、届かないものもあるのだと。

「っ！」

気恥ずかしくなって、視線をそらす。単なる手の大きさの話ではないと旦那様に気づかれてしまっていた。

「きっと、私が掴めるものと、君が掴めるものは違う。だからこそ、お互いを補《おぎな》っていけたらいいと私は考えている」

「クリフォード様……」

旦那様がもう片方の手で、そっと、私の髪を耳にかけた。

そして、そのまま頬に触れる。

「私は、君が――」

◇◇◇

「私は、君が――君が好き、なんだ」

彼女の、クロアの澄みきった空色の目が見開かれる。

……言ってしまった。

でも、誤魔化そうとは思わなかった。

「君を、愛している。心の底から」

数秒の沈黙のあと、クロアはゆっくりと瞬《まばた》きをした。

「……あ。ああ、友人として、というお話ですね。私としたことがとんだ勘違いを――」

「一人の女性として、愛している。だが、君が勘違いにしたいのなら」

……そうするべきだ。

クロアの手で掴めなかったもの。

それらでつけられた傷をクロアはまだ忘れていない。

その中には、もちろん、私がつけた傷もある。

それでも。

「……君が勘違いにしたくても。私は」

握った手に込める力を強くする。

クロアの肩がぴくりと揺れる。

クロアの空色の瞳も揺れていた。

けれど、それは長い睫毛《まつげ》によってそっと覆《おお》い隠される。

「私が、君を幸せにしたい。いや、違うな。共に幸せになりたい」

彼女が傷ついた以上に。

「わかっている。この想いがクロ……クロア、君を困らせることは」

友人でいたままのほうが、彼女のそばにいられることも。

「それでも、私は君が傷ついたとき、君を抱き締める権利がほしい」

彼女の心に落ちた影に、寄り添えるように。

「……わ、たしは」

クロアは、繋がれた手に視線を落とした。

クロアの手は、私の手にすっぽり隠れてしまうほど小さい。

そして彼女は、とてもとても小さな声で呟いた。

「……こわい」

その言葉に彼女の全てがつまっている気がした。

それでも彼女に巣食う恐怖を取り除くのは、私がいい。

「……君に、渡さなければならないものがある」

そう言って、私は一度彼女の頬に添えていた手を離すと、胸元から手紙を出した。

「……手紙？」

「ああ」

ルィードの言うように、彼女の耳を塞いで、目を覆《おお》って何も見えなくするのは簡単だ。けれど。

そうして、払った火の粉は彼女の心を焦《こ》がしはしないだろうか？

だから。

私は。

「一通は、私から君へ。そして、もう一通は、聖女サナから君への手紙だ」

私が望む永遠

「……おやすみなさいませ」

私がそう言うと、旦那様は何か言いたげな顔をした。

けれど、ひとつ浅く息を吐くと、様々な感情が混ざり合った表情で笑った。

「ああ、おやすみ」

そう言って去っていく旦那様の背を見送ってから、自室に入る。

……結局クッキーの詰め放題は、できなかった。

私の気持ちが、それどころではなくなってしまったから。

「……手紙」

それも、旦那様と、サナからの。

どちらから読もう。

少しだけ悩んで、旦那様からの手紙を手に取る。

手紙の封は、王としてのものではなく旦那様個人の印が使われていた。そっと、封を開けると、ふわりと香った。

「いい……香りだわ」

花の香りがする。なぜだか、少し懐かしい気分になる不思議な香りだった。

この国――アイザルシアの正式な手紙の作法に則《のっと》って、時候の挨拶から始まったそれを読み進める。

『私はまず、君に謝らなければならない。君を知ろうともせず、一方的に君を傷つけた。本当に申し訳なく思う』

そのことならロマンス小説どおりの展開だったし、傷ついていない。それに謝罪も以前に受けたというのに。律義な人だ。

――でも、旦那様らしいわ。そう思うと、自然と口元が緩むのがわかった。

『それに謝罪の前に、友人になってくれと頼んだことも。だが、君がこんな愚《おろ》かな私を友人として受け入れてくれて、とても嬉しかった。ありがとう』

私だって、旦那様と友人になれて嬉しかった。

『とても嬉しい、この気持ちに偽りはない。けれども、私は欲を持ってしまった。君の涙をぬぐうのは私がいい。君の笑顔の理由も私がいい。もっと言えば、私は君を』

「――……」

息が止まる。

旦那様に今日直接言われた言葉が頭の中で蘇《よみがえ》る。

先は読まないまま手紙を封筒にしまおうとし、手が滑った。

床に落ちた手紙を拾おうと手を伸ばしたそのとき、文字が目に入る。

『クロアを愛している。心の底から』

「……あ」

こわい。

身体が震える。足元の地面が崩れ落ちるような、そんな錯覚を受ける。

それと同時に、頭の中で声がした。

『クロア、おっきくなったら、結婚しよう』

「……うそつき」

『可愛い、可愛い、私の娘』

「……だったら、なんで私をぶったの」

『私が君を愛することは、ない――。初夜だろうと君を抱くつもりはない』

「……知ってるわ」

『私とふ……、友人になってくれないだろうか？』

「……それは、知らなかった」

『君を、愛している。心の底から』

「……なんで」

何かを失うのは、怖い。

だったら、最初から愛着を持たなければいい。

そんなこと、わかっていたのに。

それでも私は弱い人間だから――何かに執着せずにはいられない。

旦那様との友情を失いたくない。

だって、ようやく掴んだ、私の煌《きら》めき。もう、二度と、なくしたくないの。

誰が言ったのか、前世で聞いたことがある。

恋は、一時。友情は、永遠。

熱くて、とろけるような情熱なんて、二度といらない。ほしくない。

穏やかでも、ずっと続くものがほしいの。

「そんなもの、ないのにね」

――細く、長い息を吐き出す。

それでも、私は。永遠が、ほしかった。


翌朝、鏡を見ると、昨日のこの時間よりも明らかに浮かない顔をしていた。微笑んでみても、どこかぎこちない。そのことを、カミラにも指摘される。

「王妃様、顔色が優れませんね」

「……そうね」

頬に手を当てる。

手から頬に熱が伝わると、ふと、昨日のことが思い出された。

――私では、君の力になれないだろうか？

心配そうに揺れていた紫水晶の瞳。

そして、とろけそうなほど熱い、吐息も。

——君を、愛している。心の底から。

「っ！」

耳鳴りがする気がして、強く瞼《まぶた》を閉じる。

「う、ぁ……」

「王妃様！」

カミラがぐらついた私を支えてくれた。

本当は、わかってる。人の心はうつろいゆくもの。だから、変わらないわけがない。たとえ、この世界が物語の世界だとしても、物語が終わった今、変わらないものなんて、ないのだ。

だから、旦那様の感情が友情から愛情に変わってしまったのならば、それを受け入れなければ。

わかってる。

「……ありがとう」

カミラにお礼を言って、目を開けた。

私は、強い私になりたかった。

私の意思とは関係なく流れていく世界に抗《あらが》いたかった。でも、抗《あらが》えなくて。それだったら、今度は、気にしない私になりたかった。

過去は過去として、現実を楽しめる強い私に。

けれど、それも叶わなかった。

きっと、私は、あの日の輝く湖畔《こはん》に立ち止まったまま。

『クロアぁ』

幼いダリウス殿下の声が私を呼ぶ。明るく澄んだ声で。

その声から目をそらすように呟く。

「……まだまだ鍛練が足りないわね」

「王妃様?」

私が街で何をしているのか知らないカミラは、私の言葉に不思議そうな顔をしたけれど。

その表情に気づかないふりをして微笑む。今度はうまく、笑えた。

◇◇◇

「それで、王妃……クロアの様子は?」

今朝こそ、一緒に朝食をとりたかったし、とるべきだとわかっていたのに。急な執務が入り、それができなかった自分を腹立たしく思いながら、髪をかき上げる。

するとルィードは、そうですね、と目を伏せた。

「顔色があまりよろしくなかったですね」

「……そうか」

それは、聖女サナからの手紙を読んだからだろうか。私の告白のせいだろうか。それとも、どちらもだろうか。

ため息をつきたくなる。

私は、彼女が傷ついたとき、そばにいて抱き締めたい。

だから、それが許される関係になりたいと思っていた。けれど。

「さすがに王妃様でも、素振り千回はきつかったのだと思います」

「……は？」

素振り？　千回？

「本日の王妃様は、子供たちとは遊ばずに久しぶりに剣術道場を訪れ――」

「けんじゅつどうじょう」

「はい」

私もご一緒したのですが、とルィードは続ける。

「師範に、もう一度基礎から学びたいとおっしゃいまして。まずは、素振りをという話になり……」

私も久々に、いい汗を流しました！　と、輝く笑みでルィードは言った。

「そ、そうか……」

うん、基本に立ち返るのはいいことだと、頷きかけて、ふと、思う。

「……それで、彼女は聖女サナからの手紙と――」

「いいえ。形跡からして読まれたのは陛下のものだけのようですね」

「そうか……」

それならやはり彼女の浮かない顔は、疲れだけのせいではないだろう。

自分の想いが、初めてできた恋しい相手の負担になってしまっている。

わかっていても、胸が苦しくなるものがあった。

「そういえば」

「どうした？」

「私も初めて大衆浴場に入ったのですが、とても気持ちよかったです。王妃様の気持ちがわかりました」

……それは、休憩時間なんだろうな？　とは聞かなかった。勤務時間は守る影だ。そこは大丈夫だろう。

「……体験してみないとわからないものもありますね。というわけで、どうでしょう。陛下もまた王妃様の尾行をなさってはいかがでしょうか？」

彼女が見る夢は

——あなたは、人を幸せにできる子よ。

『うん！　おかーさん』

――ねぇ、サナ？　あなた、本当にクロア様にいじめられたの？　本当はクロア様からダリウス殿下を略奪したんじゃないの――？

「ちがう、ちがうの!!」

そう叫んで目が覚める。手を伸ばした先には、平民のわたしには豪華すぎる天井。腕を覆《おお》ういくつもの腕輪もじゃらじゃらとして、うるさい。

「あ、あぁ……」

いつから。

いつから、わたしは間違ってしまったんだろう。

掌《てのひら》で顔を覆《おお》う。

わたしは、ただ……わたしは、ただ、お母さんに褒《ほ》められたくて。それで、幸せになれたらって思ってただけで。

なんで、だって、どうして。

嗚咽《おえつ》が漏れる。誰かを貶《おとし》めるつもりなんて、ひとつもなかった。この恋が叶ってほしいなんて、願いもしなかった。なのに――

「サナ様」

侍女がわたしを呼ぶ声にはっとする。そう、侍女。『聖女かつ第二王子の婚約者』なんて、大層な肩書きになってしまったわたしには、侍女が付けられた。その肩書きも、丁重すぎる扱いも、平凡すぎるわたしには不釣り合いすぎて、思わず笑ってしまう。

「はい」

気づかれないように涙をぬぐって――いや、もうとっくに気づかれているかも――身体を起こす。

「ダリウス殿下がいらっしゃいましたが、いかがなさいますか？」

「……今日は体調不良だと伝えてください」

わたしがそう言うと、またか、という顔をして、侍女は退出の礼をした。

本当はわかってる。何度も何度もわたしを訪ねてきてくれたダリウス殿下をこんな風に追い返していいわけがないって。だって、わたしは、ダリウス殿下の婚約者になったんだから。

でも。

机の上にある便箋に目を向ける。

「あの手紙を読めば、きっと……」

きっと、全てが元どおり。

クロア・サーランド公爵令嬢――いえ、今はクロア・アイザルシア王妃殿下だけど――彼女に会えば。きっと、わたしのことをわかってくれる。許してくれる。

最近まで、彼女は隣国の夜会さえ出席していなかったと聞いた。だから、きっと、この国に戻ってきてくれる。

そして、――ダリウス殿下が本当に求めている彼女と、ダリウス殿下は幸せになれる。

わたしは、お母さんのところに帰れる。

そう、よね。

そうあってほしい。

そうじゃないと困る。

だって、だって、わたしはこんなこと望まなかった！

――わたしは、特別になんてなりたくない。平凡なまま幸せになりたいの。

わたしは、今度こそ幸せな夢が見られることを祈って、シーツの中に身をうずめた。

星にかける

『ねぇ、クロア』

影法師が私を呼ぶ。幼い私は、それに満面の笑みで答えていた。

『どうしたんですか、ダリウス殿下』

今日は、二人で星を眺めていた。もちろん、護衛はすぐ近くに控えているけれど。

星に夢中な私とは反対に、なぜか、彼はそわそわしていた。

『――？』

彼は恥ずかしそうに目を伏せる。それは、何か隠し事をしているときに、彼がする癖だった。

幼い私は、彼の隠されてしまった翡翠《ひすい》の瞳が見たくて。彼に近寄り、その顔を覗き込んだ。

『わっ！』

すると急に手を引かれ、体勢を崩す。そして、彼の胸に飛び込む形になった。

そんな私をぎゅっ、と抱き締めて彼は言った。

『クロア』

『はい』

心臓がどくどくとうるさい。この音がどうかあなたに聞こえていませんように。そう願いながら、顔を上げる。

『好きだよ。空に輝く星も綺麗だけれど、君の星屑《ほしくず》のような髪や空を映した瞳のほうがもっと綺麗だ』

なんの躊躇《ちゅうちょ》もなく告げられたことが、彼の本音だと示していた。幼い私は、少しだけ悩んで言う。

『私は好きじゃありません』

『えっ!?』

驚いて腕が離れたすきに、背伸びをしてその頬に口づける。遠くでお父様の悲鳴が聞こえたけれど、それには気づかないふりをして。

『……大好き、です』

――この幸せな夢がいつか、覚めるのだと知っていて。それでも、そうならなければいい、と叶わない願いを星にかけた。

「ひ、様……王妃様」

「ん、んん……」

声をかけられ、大きな欠伸《あくび》をひとつして身体を起こす。

「……おはよう、カミラ」

「おはようございます、王妃様」

カミラは心配そうに眉を下げた。

「魘《うな》されておいででしたが、大丈夫ですか？」

「ええ。睡眠時間はバッチリよ！　起こしてくれてありがとう、カミラ」

私がお礼を言うと、カミラはいいえ、とはにかんだ。かっ、かーわいいー。

「カミラは可愛いわね」

「え？」

ぽろりと漏れた本音にやってしまったと、口を押さえる。最近、少しだけ親しくなってきたとは
いえ、これは馴《な》れ馴《な》れしかったかしら。

カミラは無言で、俯《うつむ》いて、震えていた。

「あ、の……カミラ？」

カミラが、顔を上げる。カミラの顔は真っ赤だった。

お、怒ってる？　怒ってるのかしら。

おろおろ、とする私に、カミラは泣きそうな声で言った。

「ありがとうございます。……嬉しい、です」

よかったー!!

ほっと、胸を撫《な》で下ろす。

「ですが王妃様は、もっと可愛らしいお方だと思います」

「そ、そう?」

カミラにあまり褒《ほ》められたことがないので、驚く。

これはあれかしら。前世でいう、●●ちゃん可愛いよー、というのは、あなたこそ可愛いよーとか言われるの待ちだと言われていたやつだと勘違いされたのかしら。

「違うのよ、カミラ。私が言いたかったのは」

決して、あなたに褒《ほ》められたかったわけではなくて。いえ、とても嬉しいのだけれど。

なんて、伝えようか。うまい言葉が見つからない。

言葉を探してきょろきょろとあたりを見回したとき、『それ』が目に入った。

「王妃様……?」

固まった私に、不思議そうな声を出したカミラは、しばらくして私の視線の先に気づいたようで、『それ』をさっと身体で隠した。

「……カミラ、ありがとう。でも、いいのよ」

私は、深呼吸をひとつして、それに近寄った。

そして、それを手に取る。

白くて丈夫そうな紙に、銀で縁取りがしてある。後ろを見ると、祖国の『聖女』だけが使える封《ふう》蝋《ろう》があった。

「女は度胸、というものね」

私は、深く息を吸い込んで、封を開けた。

手紙からは、甘くて可憐な香りがする。

正式なものよりは、少し砕けた挨拶で、その手紙は始まった。そして、私が王妃になったことに対する、お祝いの言葉が続く。

そして、ようやく本題に入った。

『あなたにお話があります』

なんだろう、と疑問に思いながらも読み進める。

『今、この国では不思議な出来事が起きています。それは、一部の人たちの間での記憶の食い違いです』

記憶の、食い違い。

それって——

『たとえば、わたしはあなたに「いじめられた」そうなのですが、わたしはそんなことされた覚えもなければ、そう誰かに告げた覚えもないのです』

サナが、私にいじめられた記憶がないのは当然だ。私はいじめていないのだから。

それでも、周囲の人たちの証言が多数あったこと。そして、サナが聖女になったことで、ダリウス殿下との婚約の続行は厳しくなった。

そして——王命が下った。

私にアイザルシアに嫁ぐようにと。

『わたしは、今、とても恐ろしいのです。わたしが何か——とんでもない間違いを犯してしまったのではないかと』

事実としては間違っていた。けれど、物語としては正しかった。

『そしてサーランド家の』

そこで一度だけ、手紙を落としそうになった。サーランド、私の実家。私をここまで、育て、愛し、そして——捨てた家だ。

『サーランド家の方々とお会いする機会があったのですが、もし、あなたに会うことがあったら——里帰りしたくなったら、いつでも戻ってくるように、と言付かりました』

……それは。

わかってる。あのとき父が私をぶったのは、物語の強制力だったのだろうと。だから、それを責めるのは間違っている。でも。でも、私は。

『あなたに話したいことが、たくさんあります。……記憶の齟齬《そご》や、あなたのご実家について——そして、ダリウス殿下について。ですので、一度わたしたちだけでお会いする機会をいただけないでしょうか？』

そのあとは締めの挨拶がつらつらと続いて、手紙は終わった。

「……王妃様？」

手紙をじっと見つめて動かない私に、カミラが心配そうに声をかける。

「ああ、ごめんなさい。大丈夫よ」

そう言って、首を横に振る。

「サナと会う……」

会ったところで、なんになるのかしら。いえ、でも、サーランド家の様子は気になる。私を捨てた家なのに？　それは、物語の強制力で。でも、ぶつことはなかったんじゃない？

駄目だわ。頭の中がぐちゃぐちゃだ。

「よし、決めたわ」

「王妃様？」

不思議そうな顔をしたカミラに微笑む。今日も、剣術道場に行って鍛練しよう。そうすれば、きっと、私の歩く道が、はっきりと見えるはずだ。

水葬

簡素な服で王城を抜け出す。今回ルィードは私の目に見える形ではついてこなかった。

……気を、遣ってくれたのかしら。

だとしたらとても申し訳ない。

でも、今は一人になりたかったので、その気遣いをありがたく思う。

私は——もう、クロア・サーランドではない。私は、クロア・アイザルシアなのだ。それなのに、わかっているようできっとわかっていなかった。

だから。

◇◇◇

いつもよりも、少しだけ俯《うつむ》きがちなクロアに手を伸ばしそうになり、慌てて引っ込める。迂闊《うかつ》だったたな。

「陛下」

「……わかっている」

侍女から、クロアが今朝聖女サナからの手紙を読んだと報告を受けていた。

彼女の様子が心配で——政務が落ち着いていたこともあり、ルィードの提案に乗ることにしたのだった。

彼女は、剣術道場に入っていった。

「陛下も中に入られますか？」

王妃様は数時間素振りをされると思いますが、とルィードが続けたので、もちろんと頷く。

「では、これを」

そう言って、木剣を渡される。

「っ……!?　おい――」

気軽に受け取った木剣は思った以上に重い。思わずルィードに抗議をすると、ルィードは肩をすくめた。

「王妃様はいつも、この剣で素振りをされております」

「……それは……なるほど」

彼女が大食いをしても太らない所以《ゆえん》がわかった気がする。

何度か軽く振って、手に馴染《なじ》ませる。そして、道場に入った。

「百一、百二……」

凛《りん》とした掛け声と共に、彼女は木剣を振っていた。まっすぐ前を見据える姿からは、先程の憂鬱《ゆううつ》そうな雰囲気は感じられない。

私とルィードは彼女に気づかれないように移動し、剣を振る。

数時間後。彼女を尾行しながら、ルィードが小声で言った。

「陛下、運動不足では？」

……認めたくない。

最近は、政務ばかりであまり鍛練をしていなかったとはいえ、身体の節々が痛いだなんて！

しかも、クロアと同じ運動量なのに。

「……今日は少し、調子が悪かっただけだ」

そうだといいですね、と雑に返事をしたルィードを一睨みする。この影、私に対する扱いがひどくないか？

「――？」

そんなことを考えていると、ルィードは首をかしげた。

「どうした？」

「いえ。いつもなら、このあと、大衆浴場に向かわれるのですが、今回は違うなと」

どこに向かっているのだろう。

「この先に、何がある？」

「花屋ですね」

……花？

ルィードの言うとおり行き先は花屋で、彼女は紫のアネモネを一輪買った。

「アネモネ、王妃様のお好きな花ですね」

「……そうだな」

いつかの絵画教室でアネモネを描いたと、報告を受けていたな。

今度、彼女に贈るなら、アネモネにしようか。

そのあと、そのアネモネを持った彼女が向かったのは、川だった。

川縁《かわべり》にしゃがむと、先程買ったアネモネを流した。アネモネはゆっくりと、川を流れていく。

「すまない、ルィード」

ルィードに一言、断りを入れて、私は隠れていた木々から飛び出し、クロアのもとに行く。

「っ⁉　へい、か？」

飛び出した音で私に気づいたクロアが驚いた表情で私を見る。……やはり、見間違いではなかったな。

その瞳に涙がたまっているのを確認して――私は、彼女を抱き締めた。

◇◇◇

旦那様に抱き締められた私は、震える声で尋ねた。

「ど、して……」

あなたが。続く言葉は声にならなかった。

「君を愛しているからだ」

迷いなく言いきられ、嗚咽《おえつ》が漏れる。

「っ……う……」

どうして。

私はあなたにそんなことを言ってもらえるような人じゃないのに。

いつまでも、終わった恋の死体を抱えて、前に進めない私なんか。

それでも、今はその温もりがありがたくて。旦那様の背に腕を回す資格はないけれど――旦那様の服の裾を掴んだ。
「……っ、ぅ」
「クロア、我慢しなくていい」
穏やかな声で言い、旦那様は私の背を撫《な》でる。
その声が、最後の堰《せき》を切った。
「……っふ、うぁ」
悲しい。
寂しい。
悔しい。
好きだったの。
大好きなの。
愛していたのに。
愛していたから。
信じたかった。
信じられなかった。
待ちたかった。
待てなかった。
——その全ての感情を涙で押し流すように、日が暮れるまでずっと私は泣き続けた。

◇◇◇

はらはらと涙をこぼし続ける彼女に、なんと言葉をかけていいのかわからない。

それほど彼女の悲しみは深く、また、私は無力だった。

川を流れていく紫のアネモネは、どこか、寂しげな色をしていた。

紫のアネモネ。

花言葉はなんだったか。

クロアの背を撫《な》でながら考える。

そういえば、「あなたを信じて待つ」というものもあった気がする。

彼女は、クロアは、ずっと誰かを信じて待っていたのか。

その相手は——言うまでもない、ダリウス王子だろう。

その相手が私でないことがとても悔しい。私であれば、クロアを待たせたりしない。だが、私自身もクロアを傷つけたことを忘れているわけでもない。

クロアに負わせてしまった傷は、私が生涯をかけて償《つぐな》っていくつもりだ。だから、私は、クロアがこれ以上傷つかないように、少しでもその傷が癒《い》えるように、力を尽くしたい。

……なんて、そんな私の想いが彼女の負担になってしまっている現状は問題だ。

それでも。

彼女を抱き締める力を強くする。

君を愛しているんだ。

どうしようもないほど。

声を上げ、瞳が溶けてしまいそうなほど涙を流す彼女を、ただ抱き締めることしかできないけれど。

それでも。

君を愛している。

泣くことによって、彼女が少しでも楽になれたら、とそう願いながら、私は彼女を抱き締め続けた。

◇◇◇

「……少しは気が晴れた、だろうか？」

「……はい」

旦那様の言葉に頷く。もうすっかり、日が落ちていた。

子供のようにわんわん泣く私を馬鹿にすることもなく、旦那様はずっと寄り添ってくれていた。

それが、とても嬉しく、同時に申し訳なくも思う。

旦那様――、そう、私は結婚しているのに。それなのに、私は他の人への恋心を飼っていた。

そんなの、許されるはずもない。

だから、今日はそのお葬式をしに来たのだった。――かつての、ダリウス殿下を愛した私の。

紫のアネモネ。それは、ダリウス殿下がいつか私に贈ってくださった、「あなたを信じて待つ」という花言葉を持つ花。

その花を川に流して、この想いも一緒に流れてしまえばいいのに。

そう願った、お葬式。

まだ、心にもやもやが全くないといえば、嘘になる。それでも、随分と心が楽になった。

「君の気が少しでも楽になったのなら、良かった」

そう言って、旦那様は私の目尻を指で柔らかく擦《さす》った。

「はい。ありがとうございます。……クリフォード様」

少しだけ気恥ずかしそうに微笑んだその人の名を、もう一度心の中で呼ぶ。

クリフォード様。私の、クロア・アイザルシアの、旦那様。優しくて、不器用で、――こんな私を好きだと、愛していると言ってくれた人。

私が向き合うべきことはたくさんあって。でも、全てと向き合う勇気は、まだ、持てない。

それでも。

私に寄り添ってくれたあなたの前から、私は、逃げたくない。

私は一度ぐっと手を強く握り締めて、それから旦那様の紫水晶のような瞳を見つめた。

「あの、へい――」

「今は、クリフォードと呼んでくれないか。先程のように。……クロア」

「はい。……クリフォード様」

そう言われて初めて気づく。旦那様のご両親にあたる先王、先王妃は随分前に崩御している。

つまり、旦那様の名を呼ぶことを許されているのは、もしかしたら、私だけかもしれない、ということだ。

……これからは、許されたときは、そう呼んでみよう。

これから私が言う言葉で、旦那様が私を見限らなければ、だけど。

「クリフォード様、私は、新しく恋をすることをとても怖いと思っています」

「……ああ」

旦那様は、私の言葉にゆっくりと頷いた。

「ですから、私がクリフォード様に恋をする日は一生来ないかもしれません。もし、それでも――」

これから言うことがとても身勝手だってわかっている。でも、これが私なりの向き合い方だった。

「それでもいいのなら、私と共に愛を育《はぐく》んではいただけませんか？」

旦那様の紫の目が見開かれる。そうよね。驚くわよね。私でも驚くと思う。

旦那様はなんと答えるだろうか。

そう思った、ときだった。

「ク、リフォード……様？」

再びぎゅうぎゅうと強く抱き締められ、戸惑う。

「もちろん。君が、それを許してくれるなら」

許す？　旦那様が私の身勝手さを許すってことじゃなくて？

何も答えない私の疑問が伝わったのか、旦那様は言った。

「私は、初夜で君にひどいことを言った」

「それは――仕方のないことです。それに、謝罪なら以前も受けました」

全く、全然、これっぽっちもその件に関して怒ってなんかいなかった。

「クロアは優しいな」

「いえ、そんなことは――」

本当にそんなことはなかった。むしろ、私ほど身勝手な人はなかなかいないんじゃないかとさえ、思うもの。

「ありがとう、クロア」

旦那様はもう一度強く私を抱き締めると、身体を離した。そして、真剣な瞳で私を見つめる。

「だが、ひとつ尋ねたいことがある」

「――なんでしょう？」

「努力をすることを、許してほしい」

……努力。努力はいいことよね。

「君の恐怖をいつか私が払える日が来るように。もしくは、君の中で恐怖よりも私への想いが勝つ日が来るように」

「……わかりました」

そんなの旦那様の自由だ。そう思いながら頷くと、旦那様は心底嬉しそうに笑った。

◇◇◇

「……なんだ、にやにやして」

クロアと共に王城に戻り、夕食をとった。そのあと、執務をしていると、ルィードが楽しそうな顔で私を見てきた。この無表情な影が感情を表すことは珍しい――のは、以前までの話か。

クロアが私のもとへ嫁いできてからというもの、この影も随分と人間臭くなったものだな、と思う。

「失礼ですね。私は、前から人間ですよ」

この影、心まで読めるとは知らなかった。今度動きが怪しい重鎮を探らせてみるか。

「そんなことより」

「なんだ？」

「努力、の内容は考えましたか？」

「っ！」

そうだ。すっかり忘れていたが、ルィードは、陰から私とクロアを見ていたのだった。

この一日でなかなかに熱烈なことを言った覚えはあるので、少し気恥ずかしく思う。……いや、クロアに向けた言葉は全て本心だ。恥ずかしがる必要はどこにもない。

そう、心の中で開き直っていると、ルィードが言った。

「努力、頑張ってくださいね。また明日、王妃様は、絵画教室に行かれるそうですから」

第三章

愛を知る

「ううーん、よく寝た！」

昨日はいっぱい泣いたせいか、とてもよく眠れた。昨夜氷水で冷やしたタオルを当てていたおかげか、目元も腫《は》れていなかった。

私がベッドの上で大きく伸びをしていると、侍女のカミラがやってきた。

「王妃様」

「おはよう、カミラ」

カミラに向かって微笑むと、カミラも微笑み返してくれた。

「おはようございます。……今朝はとても身体の調子が良さそうですね」

「ええ、バッチリよ」

思わずグッドサインを出しながら、私は、ふと、カミラの名前を呼んだ。

「ねぇ、カミラ」

「……？　はい、なんでしょう」

「あの、ね。あの……。今日はとてもいい天気よね」

私がそう言うと、カミラも頷いた。

「ええ、そうですね」

今日の天気は晴れ。とってもとってもいい天気だ。でも、話したいことはそうじゃない。

「ええとね、それでね、あの……」

尋ねたくせになかなか本題に入らない私に、カミラは不思議そうな顔をした。

あー、どうしよう。いえ、聞きたいことはしっかりとあるのだけれど。なんというか、こういうことってとてもデリケートなことだし、聞くこと自体迷惑かもしれないわよね。

でもカミラ以外に頼れる人がいなかった。

私は、一度大きく深呼吸をすると、切り出した。

「――ねぇ、カミラ」

「はい」

「愛、ってどうやって育《はぐく》んでいけばいいかしら？」

照れてしまって、途中早口になってしまった……！　でも、一応、最後までちゃんと言えたわ。

そのことにほっと息を吐き出しつつ、カミラを見る。

カミラは一度大きく瞬《まばた》きをした。

「愛、でございますか」

「ええ、そうなの。変わらない愛の育《はぐく》み方が知りたいの」

こんなこと言うのはとても恥ずかしいのだけれど、実は私は、愛の育《はぐく》み方を知らなかった。

旦那様には、まるで知っている風に言っていたけれど。全くもって、知らない。

だって、私に向けられた愛だと思っていたものは、簡単に壊れてしまったから。

昨夜、眠る前も少し愛について考えていた。

恋は難しくとも、愛なら旦那様と育めるんじゃないかなって思ったから。

でも、答えは出なかった。まあ、そんなに深く考える前に、疲れて眠ってしまったんだけどね。

「王妃様」

カミラは私を呼んだあと、柔らかく微笑んだ。

「変わらないものはございません」

「そう……よね」

永遠なんてない。そんなことはとっくに知っていた。それでも、どうせなら変わらない愛がほしかったのだ。

でも、やっぱり愛も無理なら。どうしたら、いいんだろう。

「ですが、壊れない愛は育《はぐく》めます」

「変わるのに、壊れないの？」

尋ねると、カミラは大きく頷いた。

「私が考える愛とは、『日々』の積み重ねです」

日々、の積み重ね……

私は、旦那様と日々を重ねていけるかしら。ううん、いけるといいと思う。

「私には今……敬愛する方がいます」

カミラはゆっくりとそう言って微笑んだ。

「私は、その方のことを最初は誤解していました。そして、とても失礼な態度を何度も取りました」

そのときの私は、とても愚《おろ》かだったと思います、とカミラは付け足した。

「けれど、ある日、私はその方から初めて名前を呼ばれました。私のことなんて全く興味がないと思っていた私にとって、それは衝撃でした」

それから、毎日のことを思い返してみたのだとカミラは言う。

「私が愚《おろ》かにも、冷たい態度を取っていたときから、一度も私はその方から嫌がらせをされたことがなかったのです」

それなのに私は、誤解していました、とカミラは唇を噛んだ。

「……そのことに気づいてから、私は、愚《おろ》かな態度をやめました。きっかけは、急に訪れることもあると思います。でも、私がその方を心の底から敬愛するようになった理由は、それ以前の日々の態度です。……王妃様」

「は、はい」

カミラはまっすぐに私を見つめる。そして、深々と頭を下げた。

「以前の目に余る無礼をどうか、お許しください」

「いいえ、そんな謝られるほどのことは――。それに、カミラ、あなたは最初から仕事が丁寧だったわ」

確かに態度は冷たかったかもしれないけれど、仕事はきちんとしてくれていたもの。

私がそう言うと、カミラはゆっくりと顔を上げた。

「ありがとうございます、王妃様。あなたは最初から『私』を見てくださっていたのに、私はなかなかそれに気づけなかった。ですが、今は違います。敬愛しております。心の底から」

「いいえ、こちらこそ、いつもありがとう」

なんだ、そっか。

私は、祖国で全てを失ったと思っていた。そして、この国で新たに得た、旦那様との友情という煌《きら》めき。その煌《きら》めきも旦那様が私に恋をしたことで失って、私の手の中には何も残っていないのかと思っていた。

でも、そうじゃない。

カミラは私のことを、思ってくれている。……ううん、カミラだけじゃない。仕事とはいえ大食いに付き合ってくれるルィードがいたり、アズールという絵の先生がいたり、私と遊んでくれる子供たちがいたり、劇団の仲間がいたり。私の周りには、もう、すでにたくさんの煌《きら》めきがあって、そのどれもが、大切なものだ。

確かにカミラの言うとおり、一日で得たものじゃない。日々が重なって得られたものだ。

まだ、全部が全部受け入れられたわけじゃない。でも。私の中で、少しだけ、また、もやが晴れたのがわかる。

「カミラ、ありがとう。おかげで、愛について少しわかった気がするわ」

旦那様と日々を重ねる。そうね、まずは、朝食からかしら。

旦那様と一緒に朝食をとったことは、何度もある。

でも……、その朝食で果たして愛を育《はぐく》むことができたかというと、微妙だ。旦那様はいつも私を見ながら気難しそうな顔をしているし、私は私で朝食に夢中で、会話らしい会話をあまりしなかったように思う。

カミラによると、愛は日々の積み重ね。私にとって、食事は毎日の象徴のひとつだ。だったら、まずはこの朝食から改善していこう。


「クロア、おはよう」

食事の間に行くと、すでに旦那様は席についていた。私も慌てて、席に座る。

「おはようございます、陛下」

私が微笑むと、旦那様はほっとしたような顔をした。

「……よかった。昨夜はよく眠れたようだな」

いっぱい泣いたから、よく眠れた……というのは、恥ずかしかったので理由は明かさず頷く。

「はい」

旦那様を見て思った。旦那様は、紫水晶の瞳をしている。それ自体は以前から知っていたけれど、紫は私の一番好きな色だった。

だから、旦那様のその瞳も――もちろん好きだわ。

「どうした？」

考え込む私を、不思議そうな顔をして旦那様は見た。

「……いえ。ただ、私は陛下の瞳の色が好きだということに気づいただけです」

微笑みながらそう言うと、旦那様は一気に顔を赤くした。

「なっ――」

あら？

「陛下……？」

旦那様はあまり褒《ほ》められたことがない……わけではないだろうし。どうしたんだろう。

「他の誰でもない君に、好きといってもらえて、嬉しくないはずないだろう」

「……陛下」

旦那様は赤くなった頬を隠すように、手で顔を覆《おお》う。

まるで、年相応の青年のようなその仕草に、胸が少しだけきゅっとなった。

「……ふふ」

「笑うな、君が悪いんだぞ」

そう言われても。

今まで、旦那様に何度も愛の言葉を囁《ささや》かれたけれど。

そのどの言葉よりも、赤くなった頬のほうが、なぜだか、ずっと、胸に響いた。

「陛下の瞳は、とても綺麗ですね」

煌《きら》めく紫水晶のような瞳。私がその瞳に魅入られていると、旦那様はふいに顔を覆《おお》っていた手を外し、拗《す》ねた表情で私を見た。

「クリフォード」

「え？」

「これからは二人の時はクリフォードと呼んでくれないか」

「よろしいのですか？」

許されたときは、呼んでみようと思っていたけれど、まさか、こんなに早く許しをもらえるなんて。

「私が君にそう呼んで、ほしいんだ」

「……わかりました、クリフォード様」

一音一音大切に、旦那様の名前を呼ぶ。

旦那様は、ああ、と頷いて、それから心底嬉しそうに微笑んだ。

その笑みは、私の胸をじんわりと温かくする。……うん。やっぱり、私は旦那様と、ううん、クリフォード様と愛を育《はぐく》みたい。

熱く、とろけるような恋は、まだ、怖い。でも、穏やかな愛なら。

そう思っていると、朝食が運ばれてきた。

運ばれてきた朝食は、今日も美味しそうだ。

「クリフォード様」

「どうした？」

食事中に話しかけることが珍しかったからか、クリフォード様は少しだけ驚いたような顔をした。

「クリフォード様が、お好きな色は何色ですか？」

……かなり、初歩的な質問だ。自分でも呆れるほど。

でも、気づいてしまったから。

私はクリフォード様について、知らないことが多すぎる。

だから少しずつ、あなたのことを知りたいと、そう思った。

この初歩的な質問に、クリフォード様は呆れることなく答えてくれた。

「私の好きな色は……そうだな。あまり考えたことがなかったが、君の瞳の色――空色は好きだ。君が……」

クリフォード様はそこで一度言葉を止め、とても嬉しそうに微笑んだ。

「クリフォード様？」

「ああ……いや。君――私の初めて好いた人が、私に興味を持ってくれている。これほど、幸せなことはないな」

「……っ！」

クリフォード様は言葉のとおり、幸せそうで。思わず、頬に血が上るのを感じた。

「そ、うですか」

クリフォード様にその表情をさせているのが自分だと思うと、なんだか、心がそわそわと落ち着かない。

……あれ？　でも……

「初めてって……」

「君が私の初恋だ」

迷いなく言いきられた言葉は、まっすぐに私の心に届く。

「初恋……」

「そうだ」

私はまだクリフォード様のことをあまり知らない。それでもクリフォード様は、容姿端麗《ようしたんれい》で、責務も果たされていて、何より優しくて。とても魅力的な人だと思う。

きっと、何人もの女性に言い寄られたんじゃないかな。

そんな人が、恋は初めてだと言う。

もちろん、彼は国王で、その結婚には政略的な要素が含まれる。だから、自由に恋愛することが難しかったのもわかる。

それでも。

「……クリフォード様。クリフォード様はなぜ、こんな私のことを、好きだと思ってくださったのですか？」

気がつけば、言葉がこぼれ落ちていた。

なぜあなたが私を好いてくれたのか、わからない。

「なぜ……か」

「はい」

クリフォード様はナイフとフォークを置くと、じっと私を見つめた。

「はじめはクロアの強さ、に。そして今は、強さと弱さ両方に惹かれている」

強さ、と弱さ。弱さはわかる。私はとても弱い。でも、強さは？

「ルィードから聞く、日々のクロアの報告にとても驚いた」

君は、毎日様々なことに挑戦していたようだな、とクリフォード様は続ける。

……私が好き勝手していたことをクリフォード様が知っているのは、ルィードがつけられている時点でわかっていた。でも、こうして直接言われるのはなんだかとても気恥ずかしい。

「私も君と共にスパイスましましのポテトの大食いに挑戦したことがあるが……」

「っ！」

そういえば！

クリフォード様と出かけたとき、見覚えがあると思ったのは、ポテトのときにお水を渡した彼だったからか。

ずっと前から、クリフォード様は私のことを知ろうとしてくれていたのね。

「隣国の第二王子の婚約者という立場を追われ、王命で私に嫁がされた。挙げ句の果てに、私にひどいことを言われ――、でも、報告書の君も、私が実際に見た君もとても楽しそうだった。はじめは、その挫《くじ》けない強さに惹かれたんだ」

だが、とクリフォード様は続ける。

「今は、君の弱さも知ってる。君がまだ恋をするのを恐れていることも。クロアの強さも、弱さも。君の全てを愛している」

私の全てを愛している。もちろん、その言葉どおり、クリフォード様が私の全てを知っているとは思えないし、彼自身も思っていないだろう。

……でも。

「ありがとうございます」

私の強さと弱さを――私を肯定してくれる言葉は、これ以上なく嬉しかった。

そして、私を肯定してくれるあなたに、恥じるような私にはなりたくないと思う。あの手紙を思い出す。

『一度わたしたちだけでお会いする機会をいただけないでしょうか?』

何かと向き合うのは、いつだって、怖い。

「――」

「クロア?」

黙った私を、不思議そうな顔でクリフォード様が見た。

「いいえ。なんでもありません」

まだ、彼女と――祖国に残してきたものと向き合う勇気は持てない。でも、いずれは向き合うべきだとわかっている。

私が首を横に振って微笑むと、クリフォード様は心配そうな顔をした。

「……クロア」

「……はい」

「隠すな、とは言わない。君が抱える様々な感情は、君だけのものだから。でも――」

一度言葉を切り、とても柔らかな視線で見つめてくる。

「私は君の、味方だ。それを、忘れないでくれ」

「……！　はい！」

これ以上なく私を思ってくれる言葉に、涙が出そうになる。それを咳払いで、隠した。相変わらず、クリフォード様の視線は柔らかく、それすら見透かされていそうだけれど。

そのあとは、穏やかに朝食の時間は過ぎた。


朝食を終え自室に戻ると、カミラに話しかけられた。

「王妃様」

「どうしたの、カミラ？」

カミラは、ほっとした顔で私を見つめていた。

「……陛下との愛は、順調なようですね」

「──っ！」

率直な言葉に、思わず頬が熱くなるのを感じる。私、もしかして、そんなに顔に出ていた？

……というか、カミラには、愛を育《はぐく》む相手がクリフォード様なんて、言っていない──って、私はクリフォード様の妻なのだから、当然だわ。

私が照れたり、納得したりしていると、カミラに柔らかい声で呼ばれた。

「王妃様」

「え、ええ。何かしら？」

「王妃様、私はずっと王妃様を見てきました。私の態度は、目に余るものでしたが──、それでも、王妃様のおそばで、お仕えしていました。それで……」

それで、なんだろう。こんな王妃嫌だ！　って、思われちゃったかしら。でもそれにしては、カミラの声は優しいし、それに、今朝、敬愛してるって言ってくれたし。

「それで、思ったのですが。王妃様は、あまり着飾ることをよしとはされませんよね」

よかった。拒絶の言葉ではなくて。安堵しながら、頷く。

「ええ、そうね」

夜会のときは別として、それ以外は、わりと簡素な格好をしている。

「もちろん、王妃様は美人なので、簡素な装《よそお》いもお似合いですが──」

「ま、待って、カミラ！」

「はい？」

カミラは、不思議そうな顔をしているけれど。

「私のこと、美人って言ってくれるの？」

「ええ？　はい――、王妃様はとっても美人ですよ」

「そう、なのね……」

この世界に転生してから、私は、美人と言われたことがなかった。

可愛い娘、と言われたことはあるけれど、それは姿形のことではなかった。

だから、美人と言われたのはとても衝撃的だわ。

……カミラに言われたことを噛み締めていると、カミラは顔をしかめた。

「王妃様」

あれ、カミラ怒ってる？

「もしかして、王妃様は、陛下に美しいと言われたことは……」

「ないわね」

私が即答するとカミラは、まくしたてた。

「いいですか、王妃様。まるで金糸のような髪や、空のような瞳が素敵なのはもちろんのこと、王妃様の笑顔はまるで花が綻《ほころ》ぶような愛らしさがあり――」

そのあともカミラは、何事かを言っていたが、さっぱり頭に入ってこなかった。その代わりに思ったことは――

「――で……な王妃様の――」

「カミラ」

「――？　はい」

「ありがとう、とっても嬉しいわ」

あんまり褒《ほ》められることに慣れてないから、頬が熱い。それでも、でき得る限りの最高の笑みを浮かべた。

「王妃様は、とってもとっても、お美しいですよ。それなのに、陛下がそれを伝えていないなんて！」

「美しさの基準は、人それぞれだもの。でも、カミラの気持ちはとっても嬉しい」

「……わかりました。ですが、もしよろしければ、明日の装《よそお》いはいつもより少し豪華にしてみませんか？」

いつもより、豪華に？

私の疑問が顔に出ていたのか、カミラは頷いた。

「もっともっと、王妃様のお姿を活かした装《よそお》いや、髪型に挑戦してみませんか？」

もちろん、王妃様がお嫌なら無理にとは申しませんが……としょんぼりした顔をされて、私が断るはずもなかった。

「わかったわ」

頷くと、カミラは輝くような笑みを浮かべた。また、明日ね、と約束をして下がってもらう。

そしていつものように、簡素な服を着て、街に繰り出す。今日は、絵画教室だ。とっても楽しみ。

◇◇◇

いつものように、ルィードの言葉に耳を傾ける。

「王妃様は、今日は孤児院で遊ばれたあと、絵画教室に参加されました」

もちろん、休憩時間でしたので私も参加しました、としれっと言う影の言葉を聞き流す。

それよりも。

「画家のほうに、動きはあったか？」

絵画教室の講師をしているアズールという男は、なかなかにいい絵を描くらしいが、私が言う動きとはもちろん絵のことではない。……クロアのことだ。

「ええ、はい。それはもう」

「あったのか⁉」

クロアに好意を寄せているらしいアズールは、私とクロアが出かけたときに、私を牽制《けんせい》してきたのだ。

「懸命に王妃様を口説いてましたが、王妃様は一切気づいていらっしゃいませんでしたね」

「……それなら良かった」

思わず、ほっと胸を撫《な》で下ろす。クロアは、私と愛を育《はぐく》みたいと言ってくれた。そんなクロアを信用していないわけではない。でも、恋というものは、思わぬところから引きずり込まれることもある。

「ですが……」

急に声を落としたルィードに、続きを促《うなが》す。

「王妃様の侍女からこのような報告が上がってきております」

報告書を受け取り、目を通す。その内容は……

「クロアは、美人や美しいと言われたことがない？」

「そのようですね」

陛下もおっしゃったことがないなんて、ああ、嘆かわしい、と大げさな仕草でため息をつくルィードを一睨みした。

本当に、この影は、敬うということを知らない……ということは、おいておくにしても。

「……確かに、言ったことはないな」

ドレスが似合っている、と言ったことがある。心の中で、綺麗だ、美しい、と思ったことは何度も。でも、確かに思い返してみれば、彼女に直接伝えたことはなかったかもしれない。

私が席を立つと、ルィードは何も言わず、消えた。私の考えなどお見通しだな。

ある場所に寄ってから、王妃の部屋を訪ねる。すると、侍女に、クロアはもう眠っていると告げられた。遊び疲れたのだろうな。予想どおりの答えに、思わず笑ってしまいそうになる。

「陛下？」

「いや、それならこれを彼女に渡してくれないか――」

◇◇◇

穏やかな陽光で目を覚ます。今日もすっきりとした目覚めだ。

「おはようございます、王妃様」

ベッドの上で大きく伸びをしていると、カミラがやってきた。

「おはよう、カミラ。……ん？」

カミラに挨拶をしながら、周りを見回すと、ふと、サイドテーブルに目が行った。サイドテーブルには、五本の赤いバラと、小さなカードが添えられていた。とても綺麗な筆跡は、クリフォード様のものだ。

『美しい君に、似合いのものを』

バラはよく見ると、棘《とげ》が抜かれている。五本のバラの花言葉は、なんだったかしら、と考えながら、赤面する。美しい君に、なんて、甘すぎる言葉だ。そして、思い出した。五本のバラの花言葉は、『あなたに出会えて、嬉しい』。

私だって、優しいクリフォード様に出会えて嬉しいわ。

温かな気持ちになっていると、カミラが腕まくりをした。

「では、王妃様。朝の支度をいたしましょう」

しばらくテキパキと手を動かしていたカミラは、満足げに頷いた。

「……こんな感じでいかがでしょうか？」

鏡に映る私は、髪をいつもより高く結い上げられ、ドレスも、紫色を基調として銀糸の刺繍《ししゅう》がされたとてもゴージャスなものだ。

普段こんなに豪華な装《よそお》いをしないので、少し落ち着かない。でも、確実にいつもよりは、綺麗に見えた。

「……カミラ、ありがとう！」

微笑むと、カミラも嬉しそうな顔をした。

「いいえ、お役に立てたなら幸いです」


朝食の間に行くと、旦那様はすでに席に着いていた。

「おはようございます、クリフォード様」

「クロア、おはよう――!?」

クリフォード様は、私の姿を見ると、大きく目を見開いた。

……どうかな。カミラは太鼓判を押してくれたけれど、クリフォード様はどう思うかな。

ドキドキしていると、クリフォード様はぽつりと言った。

「……とても綺麗だ」

「え？」

聞き間違いじゃない？　今、クリフォード様は、綺麗って言った？

「クロア、とても綺麗だ。いつもの装《よそお》いも似合っていたが、今日は一段と美しいな」

「……っ！」

もう一度、しっかりと言われた言葉に、胸が高鳴る。良かった、綺麗って言ってもらえた。

「ありがとう、ございます」

思わず頬が熱くなる。クリフォード様は、まっすぐ私を見つめて、何度も綺麗だと伝えてくれた。

それから、もうひとつのお礼を伝える。

「クリフォード様、カードとバラを贈ってくださり、ありがとうございます」

「……ああ。君が喜んでくれたのなら、良かった」

「それから、私も、クリフォード様と出会えて、とても嬉しいです」

「っ！」

クリフォード様はぱちぱちと瞬《まばた》きをし、気づいたのか、と驚いた顔で言った。

「……はい。花言葉は好きなので」

「そうなんだな」

……と、話に花を咲かせていると、朝食が運ばれてきた。いつもどおり私のものだけ量が多いそれを、味わって食べる。

——とても幸せな気持ちで、朝食は終わった。


朝食を食べたあと、今日は久しぶりの大食いに挑戦することにした。なぜか上機嫌でにこことついてくるルィードに、尋ねる。

「今日は、潜《ひそ》んでなくていいの？」

「はい。今日は丸一日休みをいただきました」

……ん？

そうなのね、と納得しかけて、疑問に思う。

「ルィードは、今日はお休みなのよね」

「はい」

だったら、なぜ私の護衛をしているの？　そう尋ねる前に、優秀な影は答えてくれた。

「おき――、クロ様の護衛は私の趣味です！」

「そう、なの？」

仕事が趣味とは、なかなかにワーカホリックね。

「仕事は潜《ひそ》まなければなりませんが、今日は堂々とクロ様の隣を歩けますからね！」

そう嬉しそうに言ったあと、あ、ちゃんと休みではない他の影は潜《ひそ》んでいますから安心してくださいね！　と付け加えた。

「それで、今日はなんの大食いをするんですか？」

「そうね、今日は――」

ここ、アイザルシア国の城下町はとても大食いが盛んだ。だから、色んなメニューがあるけれど……

今日は、なんにしようかしら、とあたりを見回す。

「っ！　あれにしましょう」

◇◇◇

「今日の王妃様は――」

しれっと今日の報告をしようとする優秀すぎる影を止める。

「ちょっと待て」

「――？　はい」

私は痛む頭を押さえながら、ルィードに確認する。

「今日はお前は、休みだったはずだな？」

代わりに、他の者をクロアにつけていたはずだが……

「はい。王妃様の護衛として、ゆっくり休ませていただきました」

「休みに護衛をしたら、休みの意味がないだろう」

「趣味ですので」

……趣味、か。それ以上の追及は諦めて、今日のクロアの様子を聞く。

「それで？　今日のクロアは」

「はい。今日の王妃様は、久しぶりに大食いに挑戦されました」

大食いか。確かに久しぶりだな。

「今日は、鳥の丸焼きの大食いでした。私は二羽が限界でしたが――」

王妃様は三羽食べていましたね、とルィードは嬉しそうな表情で続けた。

「……そうか」

まぁ、楽しそうなら何よりだが。もう少し、クロアの朝食の量を増やしたほうがいいかもしれないと、心の中で思った。

決断

今日も朝食を終えて、自室に帰ってきた。最近、朝食の量がさらに増えたのは、ルィードの報告のせいかしら……とは思うものの、たくさん食べられて嬉しいいし、クリフォード様と過ごす穏やかな時間はとても楽しい。

「順調、よね」

順調に愛を育《はぐく》んでいっていると思う。

「でも……」

サイドテーブル上の花瓶には、クリフォード様からもらったバラが活けてある。私は、そのバラに微笑んで、引き出しから手紙を取り出した。

取り出した手紙は、サナからのものだ。

大きく深呼吸をして、手紙の内容にもう一度目を通す。

私の実家のこと、祖国のこと、そして——ダリウス殿下のこと。

話したいことがたくさんある、とサナは書いている。

あちらが『聖女』しか使えない封蝋《ふうろう》をしていたことを考えると、私に拒否権はないと考えていい。

でも、この手紙はクリフォード様から渡された。……ということは、クリフォード様も内容を知っているということ。その上で、託された。

戦勝国の聖女とはいえ、一国の王の判断を覆《くつがえ》すことは難しい。だから、もし、クリフォード様が、会えないと返事をすれば、この話は終わる。実際、クリフォード様もその可能性を視野に入れて、渡してくれたのだろう。

「重要なのは、どうしたいか、よね……」

クリフォード様のおかげで、私の手には、「会う」選択肢も「会わない」選択肢もある。どちらを選ぶかは私次第。

以前の私なら、迷わず、「会わない」を選択しただろう。それなのにそう即答できないのは、間違いなくクリフォード様に影響されてのことだった。

きっと、クリフォード様は、私がサナと会わなくても、逃げた、とは言わないだろうけれど。

私を信頼して、肯定してくれる人がいる。その人に恥じない自分になりたい。

私はきっと、どちらを選んでも後悔しそうな気がする。でも、後悔はなるべく少ないほうがいい。

「女は度胸、女は度胸よ」

そう呟くと、少し元気になってきた。私はベルを鳴らしてカミラを呼び、便箋を用意してもらった。

震える手をぎゅっと握り締めて、深呼吸をする。

ひとつ、ひとつ、思い出そう。私がこのアイザルシアで得た煌《きら》めきを。この国で過ごした思い出が、頭の中に浮かんでは消えていく。

「よし」

震えは、もう止まっていた。

◇◇◇

執務に集中していると、執務室前に立っていた衛兵が取り次ぎにやってきた。

「王妃が、私に会いに？」

「いかがなさいますか？」

珍しいのは確か――どころか、初めてな気がする。

「問題ない。通してくれ」

「かしこまりました」

ほどなくして、クロアがやってきた。

「陛下」

「どうしたんだ？」

クロアは真剣な表情で私を見ていた。私も思わず、背筋を伸ばす。

「これを、お読みいただけますか？」

クロアが差し出したのは一通の手紙。だが、まだ封がされていない。

「……わかった」

封筒を受け取り、その宛名に息を呑んだ。

「隣国の、聖女に手紙を……」

「はい」

クロアはゆっくりと頷いた。真意を探ろうとするけれど、クロアの瞳は凪《な》いでいる。

「読んで、いいんだな？」

「はい」

頷いたのを確認して、手紙を読み進める。その、内容は——

「……決めたんだな」

「はい」

大きく頷き、私を見つめる。その空色の瞳を私も見つめ返した。

「わかった。封は私がしよう」

この手紙の封を私がすることによって、クロアはアイザルシアの王妃なのだと、この手紙の内容は私の意思でもあるのだと、明確に示すことができる。

「っ！　ありがとうございます」

クロアが微笑んだのを確認して、蝋を溶かし印を捺《お》す。

「クロア」

「……はい」

「君の決断を私は、尊重する。以前も言ったが、私は君の味方だから」

雨

退出の礼をして自室に戻り、クリフォード様の言葉を噛み締めた。私は、幸せ者だ。あんな風に言ってくださる人がいて。だからこそ、私は、前に進める。

私は、サナと——会うことにした。

私の祖国に手紙が届き、その返答が来るまで、時間がかかるだろう。その間をどう過ごそうか……

「今日は、何をしようかしら……」

子供たちと遊んで、劇団に顔を出すのもいいかも。

……なんて、いくらしないでいいと言われているとはいえ、全く公務の文字が浮かんでこないのはまずいかもしれない。

でも、クリフォード様は公務についてまだ、私に言ってこなかった。だから、一生しなくてい
い——と考えるのは楽だけれど、クリフォード様と愛を育《はぐく》むと決めた以上、そうもいかないだろう。

今、与えられているのは、猶予《ゆうよ》期間のようなものだ。

「なーんて、やめやめ」

深刻なのは、私らしくない。いつもどおり、過ごすのが一番だ。それに、せっかくの猶予《ゆうよ》期間——人生の夏休みなんだもの。思いきり、遊び倒しましょう。

そう決めて、城の外へ出かけた。


今日のルィードは、お休みではないようで、見える形ではついてこなかった。

「あ、クロだ！」

「ほんとだー！　クロちゃん、今日も遊ぼうよぉ！」

街を歩いていると、子供たちが駆けてくる。以前は、お兄さん扱いをされていたけれど、劇団員になってから、子供たちは私を女性だと認識したらしい。なので、最近は、お兄さん、ではなく、偽名であるクロとかクロちゃんとか呼ばれている。

「今日は、劇のお稽古《けいこ》があるから、少しだけね」

「うん、わかったー！」

さて、今日は何をして遊ぼうかな。

◇◇◇

「それで、今日のクロアは？」

「はい。今日の王妃様は。子供たちと『だるまさんが転んだ』をされたあと――」

「ちょっと待て」

ルィードの報告を慌てて止める。

「だるまさんって、なんだ？」

「さぁ？　私も存じませんが、王妃様がおっしゃっていたので……ルールはこんな感じでしたね」

ルィードから聞いた内容によると、少し変わった鬼ごっこのようなものだった。ただ、なぜ、鬼のことをだるまさんと呼ぶのかはわからなかった。だるまさんは、よく転ぶんだな……

「まぁいい。そのあとは？」

「はい、そのあとは劇団の稽古《けいこ》に参加されました。ちなみに、今日の稽古《けいこ》は、笑い稽古《げいこ》です」

クロアが得意そうな稽古《けいこ》内容だな……

「笑い方にも様々な種類があって、見ていてとても面白かったです」

「……そうか」

最後は報告ではなく、感想である気がしたが、ひとまず頷いておく。

「陛下」

「どうした？」

深刻そうなルィードに、思わず私も姿勢を正す。

「本当に、よろしいのですか？　王妃様と聖女を会わせて」

「……ああ」

頷く。クロアが決めたことなら、私はそれを見守るだけだ。クロアが助けを求めてきたときに、いつでも手を差し伸べられるように。

そう付け加えると、ルィードは表情を和らげた。

「わかりました。……では」

ルィードが静かに消える。

「……雨が、降ってきたな」

窓ガラスを雨粒が叩く。この雨が、恵みをもたらすものだといいと、そう思った。

聖女の願い

『どうして』

声がする。

『どうして、どうして、どうして』

「お母さん？」

『あなたは、自慢の娘だったのに！　どうして、人の婚約者を略奪するような真似をしたの――』

「違う、違うの。ちっとも、そんなつもりなくて！　だから――」

お願い、わたしを許して。そう、叫んでベッドから飛び起きる。

「夢……か」

まだ、心臓が速い速度でどくどくと打っている。わたしは、ダリウス殿下の婚約者なんて、望まなかったのに。お母さんの自慢の娘でいられたなら、それで良かったのに。全部、全部が間違っちゃっただけなのに。

「聖女様」

私がシーツをぎゅっと握り締めていると、侍女がやってきた。

また、今日もダリウス殿下の来訪だろうか。どう、断ろう。そうわたしが思っていると、侍女は意外なことを告げた。

「お手紙が届いております」

手紙？　わたしに？　お母さんからかな、と思ったけれど、今のお母さんが私に手紙を送るわけがないと、頭を振る。

「ありがとうございます」

手紙を受け取る。隣国の王しか使えない、封蝋《ふうろう》がしてあるそれは――

「クロアさ――隣国の王妃殿下からだわ」

学園のときのように呼びかけて、慌てて言い直す。きっと、その手紙の中身は、わたしがずっと待っていた返事だろう。どきどきしながら、封を開ける。

正式な季節の挨拶――は、読み飛ばして。大切な返事は、なんて書いてあるかな。

『私もお会いしたく存じます』

「――!!」

やった、やったぁ。やっと、わたしは、この間違いを正せるんだ。わたしがダリウス殿下の婚約者だなんて、荷が勝ちすぎる。この想いは本当だから、少し胸が痛いけれど――でも、ダリウス殿下の隣には、彼女が相応《ふさわ》しい。

お母さんに言われた言葉が蘇《よみがえ》る。

――ねぇ、サナ？　あなた、本当にクロア様にいじめられたの？　本当はクロア様からダリウス殿下を略奪したんじゃないの――？

ううん、いじめられていないの。わたし、いじめられたなんて、言った覚えもないの。

でも、大丈夫。これで、これで全部が元どおりのはずだから。

だから、もう第二王子の婚約者として積み重ねる日々に怯えなくてもいい。

やっと、今日からよく眠れそうだった。

第四章　本当の別れ

聖女サナとの会談まで、あと五日。

最近前にもまして量が増えている朝食を美味しく食べていると、クリフォード様から話しかけられた。

「クロア」

「はい」

ナイフとフォークを置いて、クリフォード様を見る。

「その、体調はどうだろうか？」

心配そうな瞳に微笑み返した。

「はい。全く問題ありません」

体調は悪いどころか、すこぶるいい。今なら、縄跳びの五重跳びもできそうだと伝える。

「そ、そうか」

それならいいんだ、そう微笑んだクリフォード様のほうが体調が悪そうだ。

「クリフォード様、顔色が優れませんが……」

「いや、大丈夫だ」

昨日もそう言っていたけれど。本当に大丈夫かしら？

「クリフォード様、無理は禁物です。具合が悪いのなら、医師を――」

「いや、本当に大丈夫なんだ」

ただ、五日後が来ることを思うと緊張してしまう、とそう続ける。

「……クリフォード様」

「わ、わかってる！　私が気を張っても仕方がないことは、わかっているんだ。でも……」

一度言葉を切り、紫の瞳で私を見つめた。

「君が、全く気にしてないようだから、かえって気になって……」

……確かに。私は、サナとの会談が決まって以降も何も変わらずニート生活を満喫していた。

「私が気にしなさすぎ、ですね」

「そうは思わない。私は、君が努めて普段どおり振る舞っているように見えたから。だから、心配なんだ」

クリフォード様の言葉に思わず笑みがこぼれる。

「……ふふ」

「クロア？」

不思議な顔をされ、さらに笑ってしまう。

「とても、嬉しかったんです。心配してくれるあなたがそばにいてくれて」

きちんと言葉にして言うのは、少し気恥ずかしい。

「クリフォード様、ありがとうございます」

私の言葉に、クリフォード様も微笑んでくれた。そうして今日の朝食も穏やかに過ぎた。

朝食が終わり、自室に戻る。今日は何をしようかしら。

やっぱり、大食いチャレンジよね！

朝食もとっても美味しかったけれど、まだまだ食べ足りない。

そう思い、城を抜け出し、城下町へ。

見える形ではついてこなかったルィードも、大食いになったら出てきてくれるかしら。そう、スキップもしそうになりながら、歩いていたときだった。

口笛が、聞こえた。

その懐かしいメロディは、私の前世で流行《はや》っていたヒーローものの主題歌だ。

この世界でその曲を知っているのは、私と、あと——一人だけ。

私は呆然とした思いで、その口笛が聞こえる路地に入っていく。

路地の中ほどに進むと、口笛が、やんだ。

「……クロア」

……ああ。懐かしい声で呼んだのは、そう。

深い紺色のローブを纏《まと》っているその人は、新緑色の瞳をしていた。

私は、呆然とその名を呟く。

「……ダリウス、殿下」

――ああ。これは、白昼夢だろうか？

「……クロア」

鼓膜に柔らかく響くその声は、紛れもなく、ダリウス殿下の声だった。

「君を――迎えに来たんだ」

私を、迎えに？　ああ、なんだ、そうか。これは、夢だ。

だって、私は迎えに来てほしいなんて、頼んでない。私は、今、幸せだ。だから。

「私は……」

必要ない、と言葉にする前に、腕を掴まれた。

いつも私が手を引く側だった。だから、手を引かれたことに驚いて、振りほどくのを忘れる。

そう、いつだって、導くのは私の役目だった。


「クロアぁ……」

嗚咽《おえつ》を漏らしながら、ついてくるダリウス殿下。そんな彼を見て、私はどんどん先へと急ぐ足を止めた。ダリウス殿下は幼い頃、とても泣き虫だったのだ。

「どうしたんですか？」

「やめようよ、森を探検なんて」

サーランド公爵家が所有する森を探検しよう、と提案してきたのは、ダリウス殿下だった。私は、面白そう！　とすぐさまその提案に飛びつき、護衛や監視の目を盗んで、公爵邸を抜け出した。

「ダリウス殿下が、言ったんじゃないですか」

「そうだけど……」

やっぱり、怖い。

そう涙声で言ったダリウス殿下に、事実を伝える。

「でも、もう森の半分くらいまで来ちゃったから、帰るまで時間がかかります」

なるべく優しく言ったつもりだったけれど、ダリウス殿下はさらに泣き出した。

頭を撫《な》でても、肩を優しく叩いても泣きやまない。そこで、私は、ダリウス殿下の手を握った。

そして、前世で子供たちに人気のヒーローの主題歌を歌いながら、帰り道を歩いた。

「その歌、なあに？　知らない単語ばっかり出てくる」

ダリウス殿下がぎゅっと私の手を握り返しながら、尋ねる。いつの間にか、涙は止まっていたようだった。

「この歌は、勇気が持てるようになるおまじないです」

その頃、前世の記憶を取り戻したばかりの私は、何度もその歌に勇気をもらっていた。

「ふぅん。クロアの手、あったかいね」

そう言うダリウス殿下の表情のほうが、よほど、温かかった。

「そうですか？」

「うん。ねぇ、クロア、大きくなってもこうやって、僕の手を握ってくれる？」

ずっと、ずっと、握ってくれる？

私は、軽率に頷いた。

「はい、もちろん」

この言葉が、嘘になると知りながら。でも、嘘にならないかもしれない、とそう信じて。

——そして、実際にダリウス殿下の手を握る機会は何度も訪れることになる。

『クロアぁ……』

「はい、緊張しなくても、大丈夫ですよ」

ダリウス殿下に弟ができ、その弟と初めて会う日も。

『クロアぁ……』

「王妃様も、許してくださいますよ」

王妃様と喧嘩をして、謝りに行くときも。

『クロア……』

「あなたは、素敵な王子です」

初めて、民衆の前に立つときも。

『クロア……』

「新しい生活。楽しみですね」

学園の入学式のときだって。

――いつだって、私たちは手を繋いだ。泣き虫で、穏やかなダリウス殿下を少し頼りなく思うこともあったけれど、それでもその優しさをこれ以上なく好ましく思っていた。

主人公であるサナが現れないことを、心の底から願うほどに。

けれど、サナは現れ、物語は始まった。一度始まってしまった物語は、その終焉《しゅうえん》まで、突き進み続ける。

『ねぇ、聞きました？　サナさんの、教科書がびりびりに破かれたっていう話』

「いいえ」

私の友人の一人だった彼女の言葉に首を横に振る。私は、何もしていない。それに私はずっと、彼女と行動していたから、無実は彼女が証言してくれるはず――

『あら、おかしいわ。だって、それ、クロア様がやったんでしょう？』

「え――」

違う、そんなことしていない。私は、いつもあなたと行動してたじゃない。

『その時間、一緒にいなかったでしょう』

そんなはずない。急に友人の顔が見えなくなる。まるですりガラスの向こう側にいるみたいにぼんやりとしか、わからない。

『最近、ダリウス殿下とサナさんが仲良しだから、嫉妬《しっと》されたのよね。わかるわ』

「そんなこと……っ」

ダリウス殿下は、何度だって、私に好意を伝えてくれた。だから、きっと大丈夫。そう思っていたから、嫉妬《しっと》なんてしない。

……でも。

久しぶりの二人の時間。話があると、呼び出されたテラスでダリウス殿下は、言った。

『ねぇ、クロア。本当に、クロアはサナにひどいことをしたの？』

悲しそうな翡翠《ひすい》の瞳が私を見つめる。

「……っ、そのような事実はございません」

そう言って立ち去るのが精いっぱいだった。

物語が進むほど、私の周囲――ダリウス殿下とサナ以外は、ぼやけていく。対して、二人の姿だけ、これ以上ないほど鮮明になっていく。

そして物語は終わりへと進み続け、やがて――

王城の一室に呼び出される。そこでは、ダリウス殿下が待っていた。ダリウス殿下は、見たことがないほど、厳しい表情をしていた。私は、ああ、ようやく終わったんだ、と気づく。

『君には隣国に嫁いでもらう。これは、王命だ』


「クロア」

名前を呼ばれ、現実に引き戻される。ダリウス殿下は、新緑色の瞳で私を見つめていた。

そして、相変わらず手は握られていた。

「……ダリウス殿下」

私はもう、クロア・サーランドではない。私は、クロア・アイザルシアなのだ。

ダリウス殿下は言った。私を、迎えに来たと。……どこに、連れていく気かしら。いや、どこにしても、私にはもう関係がないことだった。

「ダリウス殿下が、いらっしゃるべき場所はこちらではないのでは？」

あなたと私の道はすでに分かれてしまった。私の恋の葬儀は、もう、すんだから、だから、大丈夫。

心の中でそう言い聞かせて、努めて平静を装《よそお》って尋ねる。

「……ああ、やっぱりクロアの声は、凛《りん》としていて──綺麗だ」

そう、あの頃のような笑みで言われて、一瞬だけまた過去に引き戻されそうになる。

……駄目よ。クロア・サーランドは死んだ。死んだのだ。

何度も何度も心の中でそう呟き続ける。

そんな私の心の内を知ってか知らずか、ダリウス殿下は手を握ったまままさらに近づき、囁《ささや》いた。

「もしかして、緊張してる？」

……緊張。そうかもしれない。私はダリウス殿下に会って、緊張している。

「大丈夫だよ。君を傷つけるような真似はしない──なんて、君を幾度も傷つけた僕が言えたことではないか」

自嘲気味に言うダリウス殿下の瞳は、悲しげだった。

「クロア、君と──話がしたいんだ」

「私は……」

できることなら、断りたい。でも、ルィードの姿が見えないことが気にかかる。ルィード、もしくは他の影の人たちが、私の護衛のために潜《ひそ》んでいるはず。でも、誰一人として、姿を見せない。

それは、私が気づかぬうちに彼らに何かあったのか、それとも――ダリウス殿下のことを黙認しているか。

私を傷つけない、とは言ったけれど、ルィードたちを傷つけないとは聞いていないし。それに、ダリウス殿下だって、祖国にとって重要な人物だ。それなのに今、目に見える形で護衛がいないのもおかしい。

「……わかりました」

頷く。私は、今更話したいことはないけれど、ダリウス殿下にあるのなら。

本当に話すだけで、終わればダリウス殿下はイグルス国に帰るのか、と確認すると、神に誓って、と言ったので、ひとまずついていく。

……それにしても、神、神かぁ。

神に誓って、はこの世界の最大級の誓いの言葉だけれど……。私にとっては、複雑だ。神様がもし本当にいて、私の運命を決めたのなら。そう思って、恨んだことがないわけじゃないから。

しばらく路地を歩き続けると、隠れ扉のような、周囲の風景に溶け込みすぎて、気づきにくい、扉があった。城下町にこんな場所があったのね。

驚きながら、その扉を随分と古びた鍵で開けたダリウス殿下に続いて入る。

扉の中は、小さな部屋だった。部屋からは、どこか懐かしい香りがする。これは、なんの香りだっけ。とてもなじみ深いもののはずなのに、思い出せない。

部屋には、テーブルと椅子もちゃんとある。ダリウス殿下が椅子に座る。私も座ったのを確認して、ダリウス殿下はゆっくりと話し出した。

「クロア、僕たちが初めて出会った日を覚えてる……？」

「……はい」

まさか、わざわざ思い出を語りに来たわけじゃないだろう。でも、ダリウス殿下がそんな話をするのには、意味がある気がする。

その意図を考えながら、頷く。

「僕のお披露目となる夜会が、君との初めての出会いだった。君は、最初から他の令嬢とは違っていた」

……その自覚はある。前世の記憶を取り戻す前から、私はよく言えば、好奇心旺盛、悪く言えば、落ち着きがなかったから。

「僕なんて目もくれず、君は、夜会で出される食事に夢中になっていたね」

「……そのようなこともありましたね」

私にとっても初めての夜会だった。出てくる料理に釘付けになって、父や母の制止も聞かずに、思う存分、食事を堪能したなぁ。あの日、食べたお肉の味は、今でも忘れられない。

「……そんな君に興味を持った僕から、声をかけたね」

「はい、そうでしたね」

ダリウス殿下は穏やかに微笑んだ。

「それで君は特別美味しかった料理を、僕におすすめしてくれた」

「……それは、あの美味しさを誰かと共有したかったからです」

うん、君のそういうところも魅力だよね、とダリウス殿下は続けた。

「料理について話すときの輝く笑顔と、とても綺麗に美味しそうに食べるその姿に、僕は惹かれた。それからずっと毎日、君のことを考えてた。あの子は、どんな色が好きで、どんな花が好きで——なんて考えるようになった」

熱っぽい瞳で私を見つめながら、ダリウス殿下は言った。

「これは今まで言ったことがないと思うけれど、僕たちの婚約は、僕の我儘《わがまま》から始まったんだ——どうしても君と婚約したくて、父と母に頼み込んだ。もともと候補の中にいたから、決められた婚約者、といえば、そうだけどね。

続いた言葉に、驚いて目を見開く。

「はい。……初めて聞きました」

ずっと、政略的な婚約だと思っていたから、驚きだわ。

「ふふ、そうだよね。言ってないもの」

いたずらが成功した子供のように笑ったあと、ダリウス殿下は、でも、と眉を寄せた。

「それから、僕たちの厳しい教育が始まった。僕は王子教育を、君は未来の王子妃教育を受けるようになったね」

王子妃教育は正直に言って、とっても苦痛だった。あれもこれもしてはいけません、あなたは未来の王子妃なのです、常に責任を持って行動してください、テストも全て満点でないなんてありえません……というのはまだよかった。王子妃が、そんなにたくさん食べるなんてはしたない、と言われて、食事の量が減らされたことが一番悲しかった。

「でも、その教育の中で、僕たちはもっと仲良くなれたと思っている。僕たちは共に苦難に立ち向かう戦友だった」

「はい」

会える日は直接、会えない日は手紙で、その日頑張ったことを報告し合っていた。

私にとって、その時間は何より大切なものだったな……

「僕たちは、仲がいい婚約者として有名になった。こんな日々がずっとずっと続くのかと思っていた。でも……」

でも、に続く言葉はわかっていた。

ダリウス殿下は、一度きつく瞼《まぶた》を閉じ、そして開いた。

「学園に入ってから、僕たちの関係は——変わってしまった」

それは、物語が始まってしまったから。

「君がサナをいじめたって、聞くようになって——、最初は信じなくて。でも、僕は、信じてしまった。いや、僕が言いたいのは、こんなことじゃなくて」

ダリウス殿下は、椅子から立ち上がった。

「クロアっ、僕は君に謝りたかった！　ずっと、ずっと、傷つけて、ごめん。クロアの想いを踏みにじって、ごめん！」

クロアは、いじめてないのに。君を信じられなかった。

そう言って、ダリウス殿下は深く頭を下げる。

「あ、頭を上げてください！」

慌てて私も椅子から立ち上がった。

もう過去のことだ。今更言ってもどうしようもないし、ダリウス殿下もまた、強制力の被害者だ。

ダリウス殿下は、私が止めてもしばらく頭を下げ続けていた。

「ダリウス殿下、もう、大丈夫ですから、頭を上げてください!!　私は、怒ってません」

何度目かで、ようやくダリウス殿下は頭を上げてくれた。

「なんで、こうなっちゃったんだろう？」

ダリウス殿下の言葉は、私がずっと心の中で思っていたことだった。

なんで、どうして。ずっと、そう思っていた。

「僕は君が——君に、隣にいてほしかったはずなのに。それなのに、サナに恋をして。だから、君を傷つけたのに、なぜか、思い出せないんだ」

それは、物語が終わったから……かしら。

複雑な思いでその続きを聞く。

「クロア、許されないことをしたのはわかってる。でも、もう一度、僕の心の中に問いかけると、浮かんでくるのは、君のことばかりだった。僕はクロアのことが好きだ、愛してるんだ！　心の底から。……だから」

ダリウス殿下の瞳を、涙の膜が覆《おお》う。ゆらゆらと揺れるその膜は、水滴となって、こぼれ落ちた。唇を噛み締めて、必死にこれ以上の涙を堪えているその姿は、幼いダリウス殿下そのままだった。

――ああ。

幼いダリウス殿下の声が脳裏で、私の名を呼ぶ。

『クロア』

胸が張り裂けそうに痛い。ダリウス殿下が私に伸ばしかけた手を取りたくなる。

……でも、私たちは――

伸ばしかけた手を、指先が白くなるほどきつく握り締めた。

「……だから、だけどっ」

ダリウス殿下が、笑みを形作る。涙で濡れた顔で、口角を震えさせながら。

――その先の言葉は、もう、わかっていた。

それでも私は、ダリウス殿下に言葉の続きを促《うなが》すように頷いた。きっと、ただのクロアとダリウスの最後の会話になるそれを、聞き漏らさないように。

「……僕は、君に、さよならを、しなきゃ、いけない」

「……っはい」

さよなら、それは私たちができなかったことだった。

私は、私の恋の死体を、水葬したけれど。ダリウス殿下との決別はちゃんとできていなかった。

「……クロア」

ダリウス殿下の表情が、歪んで見える。歪みは徐々に大きくなり、やがて、熱い雫となってこぼれた。

「……ダリウス、殿下」

ダリウス殿下の名前を呼び返す。きっと、隣国の王妃として呼ぶことはあっても、二度とクロアとして呼ぶことがないその名を。一音一音、心を込めて、呼んだ。

「……さようなら。君が、僕の、婚約者でよかった」

「……さようなら。泣き虫で、穏やかで、優しい人」

——さようなら。かつての私が心から愛した人。

ダリウス殿下は、私の言葉に泣き笑いを浮かべると、小屋の扉の前まで移動した。そして不思議なリズムで扉を叩く。

——すると。

扉がゆっくりと開いた。その扉から現れたのは——

「話は終わった、だろうか」

平民服姿のクリフォード様だった。

「はい。貴重な機会を作っていただき、感謝します。アイザルシア国王陛下」

「……その表情を見るに、やはり、あなたたちには必要な時間だったのだろう。ダリウス王子殿下、あなたの護衛も迎えに来ている」

「本当に、ありがとうございました。では、お先に失礼させていただきます、アイザルシア国王陛下……王妃殿下」

そう言って、ダリウス殿下は扉の外に出ていった。

「……クロア」

穏やかな紫の瞳で、クリフォード様は私を見つめていた。

「お別れはできたか？」

「……っ、はい。ありがとう、ございます」

やっと……やっと、本当に決別できた。その機会をくれたのは、クリフォード様だったんだ。

「クリフォード様は、どうして……」

どうして、私をダリウス殿下に会わせてくれたのだろう。私が、クリフォード様の立場だったら、会わせなかったと思う。

私の言葉の先がわかったようで、クリフォード様は答えてくれた。

「君を心の底から愛しているから。そして、信じているからだ」

――ああ、なんて、この人は。

涙腺が再び緩みそうになる。それを、歯を食いしばって、耐えようとすると――

「っ！」

クリフォード様が着ていたローブを頭から被せられ、抱き締められた。

「大丈夫だ、君の顔は、見えていない」

確かにこの状況なら、見えないだろう。

「我慢しなくていい。誰かと決別するのは、寂しいことだ。……だから」

私を後押しするように、とん、とん、と優しく背中を叩く。

「……う、ぁ」

嗚咽《おえつ》が、漏れる。私の嗚咽《おえつ》が止まるまで。いつまでも、いつまでも、その背を撫《な》で続けてくれた。


やがて、私の嗚咽《おえつ》が止まるとクリフォード様は柔らかく声をかけた。

「クロア、よく頑張ったな」

頑張った。……私は頑張れたのかな。わからない。私がうまく立ち回れたなら、運命は変わったのかもしれない。変わらなかったかもしれない。

それでも。

「ありがとう、ございます」

そばにいてくれて。私を、認めてくれて。

おずおずと、背中に手を回すと、もっと強い力で抱き締め返された。

「っ！」

「君のほうこそ……ありがとう。ダリウス王子を、選ぶこともできただろう？」

君を信じてはいたが、そういう選択もできたはずだ、と言われて首を横に振る。

「私はクリフォード様、……あなたと、愛を育《はぐく》むと決めたから」

だから、私は今、クロア・アイザルシアとして。また、クリフォード様の妻として、ここにいる。

「……ああ、そうだったな」

クリフォード様が、心底嬉しそうな声を出した。どんな顔か見たいのに、ぎゅう、と強い力で抱き締められて見ることがかなわない。

でも、その代わりにクリフォード様の鼓動が聞こえた。その音を聞くと、とても安心する。

——そっか。私の帰る場所は、とっくにこの人のところになっていたんだ。

そう自覚して、途端に頬が熱くなった。

私は、クリフォード様と愛を育《はぐく》みたい。

でも、いつかこのとてもとても優しい人と、恋もしてみたい。そう自然と思った。


城に帰る途中、クリフォード様はこうなった経緯を話してくれた。

サナと会う日取りが決まってから数日後。サナと私の会談があることを知ったダリウス殿下から、クリフォード様に手紙が来たらしい。サナと私の会談の前に非公式な場で、私と話がしたいと。

クリフォード様は、サナとの会談前という大事な時期だから、と断るつもりだったらしい。でも、ダリウス殿下は、サナとの会談自体をなくすのが目的だと書いていた。サナは、私とダリウス殿下の復縁を狙って、会談をするつもりだ。なので、それがないことを完全に証明するつもりだと。

「聖女との会談よりも君の負担になるかもしれないから、事前に君には話しておきたかったんだが……」

ダリウス殿下から止められていたらしい。その代わり、私が大人しくついていかなかったら、ダリウス殿下は私と話をすることを諦める、とも書いてあったそうだ。

「もしかして、クリフォード様がそわそわしていた、理由って……」

「ああ。今日のことが原因だ」

……そうだったんだ。

「ダリウス王子が、このあと、聖女サナに会談を中止するように言うらしいが、いいのか？」

「はい」

私は、過去と向き合い、クリフォード様に恥じない私になるために、サナと会うことにしたのだ。

そして、一番大きな過去だったダリウス殿下とは、決別した。

だから、もう、大丈夫。

「そうか」

私の大きな頷きを見て、クリフォード様はほっとした顔をした。

「……そういえば」

「どうした？」

「あの部屋、クリフォード様が住まれていたことがあったんですか？」

あの部屋の懐かしい香りの正体。それは、クリフォード様の香りだった。

「……ああ。幼い頃に、市井の暮らしを学ぶためにな」

なるほど、そうだったんだ。そう思っていると、クリフォード様の手が、私の手に重なった。

「っ！」

思わず、クリフォード様を見る。クリフォード様はまっすぐ前を向いていて、でも、耳が赤かった。

私もつられて、頬に血が上るのを感じながら、そっと、その手を握り返した。

……どうしよう。

誰かと手を繋ぐのって、こんなに緊張することだったっけ。

手汗とか、かいてないよね？

いつも以上に速い鼓動が、どうか、あなたに聞こえませんように。そう願いながら、歩き続けた。

聖女と王子

「ダリウス殿下っ、クロア様との会談を中止にしてほしいって——どういうことですか!!」

人払いがすませてあるサナの部屋で、僕が会談を中止にするように言うと、サナは、顔を真っ赤にした。

「そういうことだよ。……隣国も了承済みだ」

僕ができるだけ優しく言うと、サナは勢いよく立ち上がった。

「どうして、どうして……そんな、勝手なこと」

「勝手に隣国に手紙を送ったのは、誰かな？」

「っ！」

それは、でも……と、小さな声でサナは言い訳をし出した。そんなサナを見つめながら、僕は、サナに尋ねる。

「ねぇ、サナ。サナは、僕のことが嫌い？」

「そんなはずありません！　わたしは……ダリウス殿下のことが――、好き、だから、わたしは」

だから、ダリウス殿下に幸せになってほしくて。

呟かれた言葉に、息を呑む。

……そうか、サナが、僕を好いてくれたのは、本当だったのか。

「ねぇ、サナ」

僕がサナの名前を呼ぶと、サナは、子供のように首を横に振った。

「それに、わたしっ、無理です！　お妃教育なんか、クロア様みたいに、完璧にはできない!!」

僕も立ち上がり、サナのそばまで行く。そして、サナの手を握った。振り払われるかと思ったけれど、そうされることはなかった。

「アイザルシア王妃殿下も、最初から完璧だったわけじゃないんだよ。いつも、どうしてもっとうまくできないんだろうって、嘆いていた」

「……うそ、です」

「ううん、うそじゃないよ」

僕は、僕たちが幼い頃の話をした。サナはそれを興味深そうに聞いていた。

僕が話し終わると、サナは不安そうな顔をした。

「でもっ、でも、ダリウス殿下は、本当にいいんですか？」

何を、とは聞かなくともわかった。

「今の僕の婚約者は、サナだよ。ねぇ、サナ」

僕はサナの手を握り、跪《ひざまず》いた。

「だ、ダリウス殿下!?」

「僕が頼りないばかりに、君に不安を抱かせてごめんね。こんな僕だけれど、いつか、君に僕と結婚して良かったって、思わせてみせるから——僕と、結婚してください」

アイザルシア王妃殿下のことを、好きだった。愛していた。でも、僕が共に歩んでいくべき人も、幸せにすべき人も、愛すべき人も、彼女じゃない。

目の前のサナを見つめる。

「……」

サナは、俯《うつむ》いた。それから数拍おいて、顔を上げる。不安げな顔をした少女は、もういなかった。

強い決意に満ちた瞳がそこにある。

その瞳は、初めて見る瞳で。でも、とても、好ましく思った。

「わたしも、ダリウス殿下にいつか、他の誰かじゃなく、わたしを心の底から愛してるって、わたしが良かった、って言わせてみせます。——今まで、避けててごめんなさい。でも、本当にあなたのことは好きなんです、だから……」

わたしでいいなら、喜んで。

そう言ったサナを抱き締める。この子と——僕は、歩んでいく。


その後、正式に王家から国中に、知らせを出した。

クロア・サーランド公爵令嬢は、決していじめをおこなうような人間ではないこと、そして誤った情報を広めたことと彼女を貶《おとし》めたことに対する謝罪だ。それに加えて、隣国アイザルシアと、戦勝国と敗戦国という優劣なしの関係を再構築するための条約を結ぶこと。そして、僕が騒動の責任をとる形で、臣籍降下すること。

そして、もうひとつ。

サナと僕の結婚式の日取りを、発表した。

それから

ダリウス殿下との決別から、一週間後。隣国から、正式な書状を持って、使者がやってきた。その使者を務めたのは、王太子殿下だった。

書状には、私がサナをいじめていない――無実だったのに、疑い、断罪したことに対する謝罪が書かれていた。市井にまで広まった噂を払拭するという約束も書かれていた。

でも、断罪、といっても、公衆の面前で婚約破棄をされたわけではなく、王城の一室内で、私とダリウス殿下だけでおこなわれた。

複雑な思いがないわけではないけれど、物語の強制力によるものが大半だから仕方ないと思っていたので、謝ってもらえたのは意外だった。

それに、私は婚約破棄をされなければ、とてつもなく優しい今の旦那様――クリフォード様に出会えなかったわけで。失ったものは多かったけれど、その点では、少し強制力に感謝していた。

王太子殿下によると、サナとダリウス殿下は結婚するらしい。ダリウス殿下は、今回の騒動の責任をとって臣籍降下するとも聞いた。

……正直に言って、かなり茨《いばら》の道になるだろう。

私がいじめたという噂がなくなれば、サナは私からダリウス殿下を奪った悪女として、後ろ指をさされることもあるだろうし、ダリウス殿下も長年の婚約者を捨てた浮気者と呼ばれることもあるかもしれない。

それでも、そんなことは承知の上だろう。

だって、かつて私が愛したダリウス殿下は、ちゃんと責任を果たす人だったから。

結婚式は、親族のみでおこなわれるらしい。

遠くからだけれど二人の幸せを、祈っておこう。
そして――

隣国からの使者も帰り、食事の間で――最近は、夕食も一緒にとっている――心配そうな顔をして私を見つめる旦那様こと、クリフォード様に微笑む。

「そんなに心配そうな顔をしなくても、大丈夫ですよ」

「……だが」

クリフォード様は、どうやら、ダリウス殿下とサナが結婚することに私がショックを受けたのではないかと心配しているようだった。

「私は、クロア・アイザルシアです。そして、私の夫はクリフォード様、あなたでしょう」

「っ！」

「……ですが、心配してくださってありがとうございます」

とても優しいあなたがそばにいてくれて、本当に良かった。心の底から、そう思う。

「あの……ひとつ、我儘《わがまま》を言ってもいいですか？」

「……もちろんだ」

「クリフォード様とクッキーの詰め放題に行きたいです！」

愛される王妃は、もうお飾りじゃない

――数日後。私が支度をしてそわそわしていると、カミラが苦笑した。

「王妃様、落ち着いてください」

「だって……今日は陛下と出かけるでしょう？」

そう、クリフォード様が私の我儘《わがまま》を聞いてくれ、今日はクッキーの詰め放題に行くことになったのだ。

前回は私の気持ちの問題で挑戦できなかったから、今回こそ挑戦したい――というのもあったけれど。クリフォード様と、久々のデートだ。落ち着いてなんかいられるはずもなかった。

「どうしても、緊張しちゃうわ」

もちろん、お忍びなので簡素な服だけれど、それでも少しでも可愛く美しく見られたくて、鏡を何度も見てしまう。

私の言葉に、カミラはまぁ！　と声を上げた。

「王妃様、それはもしかして――」

「どうしたの？」

首をかしげてカミラを見ると、カミラは首を横に振った。

「……いいえ。王妃様が、ご自身でお気づきになるべきことですから」

私、自身で気づくべきこと？

「もしかして、この格好……変かしら？」

お忍び用の服の中でもわりとスタンダードなものを選んだつもりだったんだけれども。

「いいえ、大変お似合いですよ」

「じゃあ、どうして――」

「きっと、じきにわかりますよ」

そうなのかしら。でも、カミラがそう言うなら、大丈夫よね。

「……わかったわ。今日も色々と手伝ってくれてありがとう」

……と、ちょうどそこで、クリフォード様が私を迎えに来た。

「いいえ。お気をつけて、いってらっしゃいませ」

「ええ、ありがとう。いってきます」

カミラに微笑んで、自室をあとにした。


クリフォード様にエスコートされて、城下町を歩く。城下町は、今日もとても賑わっていた。

「……クロさん？」

名前を呼ばれて振り向くと、絵画教室の講師であるアズールがいた。

「アズール先生」

「今日も『ご友人』とご一緒なんですね」

友人、をなぜか強調しつつ、アズールはちらりとクリフォード様に視線をやった。

確かに以前のクリフォード様と私は友人だった。でも、今は……

「いえ、実はクリフォード様は、私の……旦那様なんです」

言っちゃった！　でも、いいわよね？　結婚していることは事実なんだし。それに、私はクリフォード様と恋や愛を育《はぐく》みたいと思っているし。

「え……？」

アズールが驚いたように目を見開き、確認するようにクリフォード様を見る。

クリフォード様は、少しだけ照れたように微笑んだ。

「そういうことなので。では行こうか、クロア」

「はい！　では、アズール先生、また」

まだ呆然としているアズールに礼をして、二人で歩き出す。

……そういえば、まだ、クリフォード様にお礼を言ってなかったわ。

「クリフォード様、今日は忙しい中お時間を作ってくださり、ありがとうございます」

「……いや。君の望みなら、いくらでも時間を作ろう。それに、こちらこそありがとう」

「――？」

私、お礼を言われるようなことをしたかしら。

「はっきりと、夫だと言ってくれて。……とても嬉しかった」

優しく微笑まれ、頬が熱くなる。

「……クロア？　頬が赤い。熱があるのでは――」

違う、クリフォード様のせいだ。そう言う前にクリフォード様が、顔を寄せる。そして、額をくっつけた。

「っ⁉」

「熱はないようだが……」

また身体中の体温が上がってしまう。

「クロア？」

まさか自分のせいだとは少しも思っていないクリフォード様は、相変わらず不思議そうな顔をしている。

「クリフォード様の、せいです……」

ああ、もう、すごく恥ずかしいわ。

「私の？」

「クリフォード様が優しい言葉をかけたり、額をくっつけたりするから……」

小さくぼそぼそといった声は、けれど、クリフォード様にしっかり聞こえたらしかった。

「っ！」

クリフォード様の顔が一瞬にして赤くなる。

「そ、そうか……」

「……はい」

赤い顔で、クリフォード様が微笑んだ。

「意識、してくれてるんだな」

それは……そうだ。だって、クリフォード様は、愛を育《はぐく》む予定の相手で、そして――これはまだ伝えていないけれど、いずれは恋をしたい相手だった。

「はい」

小さく頷く。クリフォード様は嬉しそうな顔をしたあと、私の手を握った。

「っ！」

私も、ぎゅっと握り返す。緊張するけれど、それだけじゃない。じんわりとした温かいものが、胸の中にあふれた。

――きっと、こういうのを幸福と呼ぶんだろうな。

心の中で、思った言葉をクリフォード様にも伝えた。

「クリフォード様、私は今、とても幸せです」

「私も幸せだ。だが……」

……だが？

「もっと君と幸せになりたい。そして君の居場所は私のそばだと、そう思ってもらえるように、頑張るつもりだ」

私の、居場所。

でも、それならとっくに、クリフォード様のそばだった。

ダリウス殿下と決別した日に、それを実感したのだ。

あれ？　でも、それってもしかして……

——ああ、なんだ。そういうことだったんだ。

「あのっ、あの」

この気持ちを早く伝えたくて。私は、子供が内緒話をするときのように、背伸びをして、クリフォード様の耳に近づけた。

「クリフォード様、私は——」

——私は、とっくにあなたのことが、好き、なんです。

そっと囁《ささや》いた言葉は、ちゃんとクリフォード様の耳に届いたようだった。

「いえ、あの、最近ようやく振りきれたばかりなのに、こんなこと言うのはどうかとおも——！」

ごにょごにょと言っていた言い訳は、突然強く抱き締められたことにより、かき消される。

「……ク、リフォード様？」

ぎゅうぎゅうに抱き締められ、息が苦しい。そのことを伝えたくて、とんとんと背中を叩くと、ようやく解放された。

「す、すまない」

クリフォード様は謝ると、手で顔を覆《おお》い隠してしまった。

「クリフォード様、お顔を見せてください」

「……駄目だ。ひどい顔をしているから」

手で覆《おお》ったまま首を横に振るクリフォード様に、私は、自分から抱きついた。

「ひどい顔でも、見たいです。好きな人の表情なら全て」

「っ！　……わかった」

クリフォード様は、渋々、その手をどけてくれた。

「……ふふ。初めて見る表情ですね」

顔が赤いクリフォード様は、見たことがあったけれど、こんなに赤くなったのは初めてだ。そんな表情もとても好ましく思う。

「情けないから、見せたくなかったんだ」

「いいえ、情けなくなんてありません。……クリフォード様」

まっすぐにクリフォード様を見つめる。

「ずっと、ずっと待っていてくださって、ありがとうございます。何度もご心配をおかけして申し訳ございません。でも……」

私はクリフォード様の腕の中で、微笑んだ。

「何度も心配をしてくださったあなただからこそ、私は、もう一度恋ができたのだと思います。……クリフォード様、愛しています」

「私も、君を。……愛している」

そう言う声は、震えていた。

「君を、クロアを――愛して、いるんだ」

「……はい」

再び強く抱き締められる。けれど、今度はちゃんと息ができるように、ある程度力が緩められていた。

私もそれに応えるように、抱きつく力を強くする。少し速めのクリフォード様の鼓動が聞こえる。とても落ち着く。

――私たちは、通りすがりの人に冷やかされるまで、ずっと、抱き締め合っていた。


さて。今日の目的は、クッキーの詰め放題をすることだった。

二人で手を繋ぎながら、クッキーの詰め放題がおこなわれているお店に行く。

手を繋ぐのは、やっぱり今でも緊張するけれど、それ以上に、幸せなことだった。

「ここか……」

「はい」

お店に行く途中、クッキーがたっぷり入った重そうな袋を持った猛者《もさ》たちとすれ違う。その姿を見ると……私も頑張らなきゃ、と気合いが入った。

今日は、紅茶味のクッキーみたい！

やったわ！　紅茶味のクッキーは一番好きだもの。頑張ろう!!

私たちは袋を買うと、早速クッキーを詰め始めた。

この詰め放題は、袋に入るだけ詰められるのだけれど、一枚でもクッキーが割れてしまった時点で終了という厳しいルールもある。

いかに、クッキーにかかる圧力を抜きつつ、たくさん詰め込めるかが重要だった。

――うん、うん、いい調子だわ！

一心不乱に、クッキーを詰め、詰め放題現役時代――王子妃教育が始まる前だ――くらいまでの量を入れ終えたところで、クッキーが割れてしまった。

クリフォード様はどうだろう。

そう思って、横を見るとしょんぼりした顔をしていた。

「クリフォード様？」

「私は紅茶味のクッキーが一番好きなんだが、クッキーが三枚目で割れてしまったんだ……」

ひとまず店の外に出たあと、とっても落ち込んでいるクリフォード様を励ます。

「私もはじめはそうでした。だから、きっと、次はもっといっぱい詰められますよ」

「次……そうだな。次がある、か」

私の言葉に俯《うつむ》いていた顔を上げたクリフォード様は、とても嬉しそうに微笑んだ。

「はい。次です」

そうか。私たちには――次がある。なぜなら、私たちはこれからも一緒に歩み続けるからだ。未来の約束が、気軽にできる。それは、とても幸せなことだった。

「ありがとう、クロア。ひとつ、行きたい場所があるんだが、一緒に行ってくれるだろうか？」

「もちろんです」

大きく頷く。今日は、私の我儘《わがまま》を叶えてもらったのだから、クリフォード様の願いを叶えるのは、当然だった。

「ありがとう」

……でも、どこだろう？

疑問に思いながらも、クリフォード様についていく。

その歩みが止まったのは、城下町が一望できる、見晴らしのいい丘の上だった。

「わぁ！」

夕日で城下町が照らされ、キラキラと輝いている。

その光景にしばらく見惚《みと》れていると、クリフォード様に優しく声をかけられた。

クリフォード様は大輪の薔薇の花束を持っていた。こんな大きい花束をどこに隠していたんだろう……と思ったけれど、すぐに、ルィードが思い浮かんだ。

「クロア」

「……っはい」

クリフォード様は、私の名前を呼ぶと、跪《ひざまず》いて、花束を差し出した。

「私と、結婚してください」

驚いた。まさか、プロポーズされるなんて。

でも、それなら、私の返事は決まってる。返事をしようとしたけれど、まだクリフォード様の言葉には続きがあった。

「……クロア。ここから見える景色は、私が守るべきものだ」

頷く。

「まだ発展途上の部分もあるが、これからますます豊かにしていきたいと思ってる」

「はい」

アイザルシアには色んないいところがあるけれど、特に、料理が美味しいのがいいところだと思う。

「それらは私の使命だが、もうひとつ、私が個人的に叶えたいことがある」

……なんだろう。

「いつか君が、この国に来て良かったと心の底からそう思えるようにすることだ。過去の悲しい出来事なんて思い出さないほど、君が笑って、幸せに暮らしてくれたら――。これ以上、幸せなことはない」

クリフォード様は、まっすぐに私を見つめた。

「初夜に言った言葉は本当にすまなかった。――君を傷つけた以上に、幸せにすると誓う。だから、私と本当の夫婦になってくれないか」

「……喜んで。私もあなたと、本当の夫婦になりたいです」

そう言って、でき得る限り最高の笑みを浮かべて、薔薇の花束を受け取った。

「……ありがとう」

クリフォード様は、心底嬉しそうに微笑んだ。

受け取った薔薇からは、かぐわしい香りがする。

ふと、疑問に思って、薔薇の数を数えてみた。十一本あるそれの花言葉は、確か——最愛。

胸の中がなんだかとてもくすぐったくなる。

衝動が抑えきれなくなった私はかがみこんで、まだ跪《ひざまず》いたままのクリフォード様のその頬に、口づけをした。

「愛しています、最愛の人」

そう囁《ささや》くと、自分の頬が熱くなっているのがわかった。

でも。私の目の前のその人の顔は、きっと、私以上に真っ赤だ。

「……っ、君は、私がどんな、気持ちで」

口づけしたのが、そんなに駄目だったかしら。

そう疑問に思ったけれど、そんな思いは、クリフォード様の次の言葉によって吹き飛んだ。

「……今夜は、覚悟をしておいてくれ」

「——！　は、い」

そうか。本当の夫婦、ということは、一番の公務も果たすわけで。

想像しただけで、とても恥ずかしい。

……でも、どうしよう。ちっとも嫌じゃなかった。

帰り道も手を繋いで帰った。クリフォード様はしっかり自室まで送り届けてくれた。

ひとまずカミラに、もらった薔薇の花を飾ってもらう。

「カミラ、あのね――」

なんて言おうかと迷って、カミラには正直に言うことにした。今日は寝室がいつもと違うことを。

「まぁ！」

聡《さと》いカミラはそれだけで、察してくれた。

「かしこまりました！ 今夜は特別な夜ですから、いつも以上に丁寧に仕上げますね」

「……ええ。ありがとう、カミラ」

これは肌がより美しく見えるだとか、髪に艶が出るだとか。興奮気味なカミラの説明を聞きながら、お風呂に入った。

そして――

「ああ、どうしよう」

いや、どうしようもないのだけれど。

初夜ぶりに訪れた国王夫妻に与えられた寝室のベッドの端で、立ったり座ったりを繰り返す。

……緊張する。

そう思って、何度目かの起立をしたときだった。

扉が控えめにノックされ、それに応えるとクリフォード様が入ってきた。

クリフォード様は、私を見るとこう言った。

「私は君を愛している。初夜はもう過ぎてしまったが――、君を抱きたい」

「っ！」

それは、初夜のときとは反対の言葉だった。きっと、わざとね。

少しおかしくて、強張《こわば》っていた肩の力が抜ける。

そんな私を見て、クリフォード様は微笑んだ。

「クロア、とても綺麗だ」

「ありがとうございます、クリフォード様」

それからベッドに腰かけると、私も隣に来るようにと言われたので従う。

ベッドに置いた手に、大きな手が重ねられた。

「君が嫌がることは、決してしないから。だから、少しでも怖かったり嫌だったりしたら、言ってくれ」

そうクリフォード様は、言ってくれたけれど。

「クリフォード様にされて嫌なことは、何ひとつありません」

クリフォード様のことを愛して、信頼しているから。様々なものを失くした私が捧げられるのは、心とこの身ひとつ。

その全てを、あなたに委《ゆだ》ねます。

そう付け加えると、クリフォード様は、また君は、と困ったように言ったあと、とびきり甘く微笑んだ。

ゆっくりと、クリフォード様の顔が、近づく。
——その夜が、そのあとどうなったかは、私たちだけの秘密だ。

エピローグ

私が子供を抱いていると、どこからともなくルィードが現れた。

「お疲れさまです、王妃様」

「あ、ルィードだぁ」

「ルィードおじさーん」

「フェリクス殿下、髭《ひげ》をひっぱるのはやめてください！　アイネ王女殿下も、私はまだおじさんと言われるような年では……」

最近髭《ひげ》を伸ばし始めたルィードは、子供たちの格好の遊び相手だ。

「それより王妃様、まだ出産したばかりだというのに、その書類の量は……」

「陛下に比べたら、こんな量わけないわ」

そう。最近の私は、公務にもかなり関わっていた。クリフォード様は、最初に言ったとおり、公務はしなくていいと言ってくれた。あなたがそばにいてくれたら、それで十分だからと。

でも私は、ちゃんと公私ともにクリフォード様の妻になりたかったから。

まぁ、それでも以前のように城下町に行って大食いをしたりすることも多々あるんだけど。

ルィードと話をしていると、クリフォード様がやってきた。クリフォード様は書類の束を見て、顔をしかめた。

「……クロア。無理はするなと、あれほど」

そう言って書類を取り上げられてしまう。

「公務は他の者でもできるが、私の妻と子供たちの母親は君だけなんだ」

「……わかりました」

そう言われては、仕方ない。

「……よく眠っているな」

産まれたばかりの末っ子を見て、クリフォード様は穏やかに微笑んだ。

「はい。あなたによく似ています」

「そうか？　鼻筋などは君にそっくりだと思うが」

しばらく二人でどちらに似ているかという話題に花を咲かせてから、どちらからともなく、笑った。

「ねぇ、母上――」

「どうしたの、アイネ」

長女がルィードと遊ぶのに飽きたのか、私のところに駆けてきた。

「ねぇ、母上は、幸せ？」

――私は、強い私になりたかった。私の意思とは関係なく流れていく世界に抗《あらが》いたかった。でも、抗《あらが》えなくて。

それだったら、今度は気にしない私になりたかった。
過去は過去として、現実を楽しめる強い私に。
私は、強い私にはなれなかったけれど。
——クリフォード様の妻になれた。
——アイザルシアの王妃になれた。
——この子たちの母になれた。
「ええ、幸せよ」
満面の笑みを浮かべる。
——もう愛されないお飾り王妃は、どこにもいない。

番外編　愛される王妃の物語

それは、クリフォード様と五度目のクッキーの詰め放題チャレンジをした帰りのことだった。

「……クロア」

「はい……？」

今日は、クリフォード様も十枚のクッキーを詰めることができ、ご機嫌そうだったのに、ふいに足を止める。

そして真剣な顔をして、私を見つめた。

「クロア、君のご両親に会いたいんだが……」

「っ‼」

私の、両親。

そう聞いて、思い出すのは――

『お前なんか、育てなければ良かった』

そう言われたあとに、ぶたれた記憶。

……わかってる。それは強制力のせいで、家族が悪かったわけじゃないって。

でも……

やっぱり会うのはまだ少し、怖かった。

「クリフォード様……」

「やはり、ご両親と何かあったのか？」

そういえば、クリフォード様は、サナからの手紙の内容を知っている。……つまり、私の実家であるサーランド公爵家が、里帰りしたくなったらいつでも帰ってきていい、と言っていたことも知っているはず。

それでも、私はクリフォード様の前で家族の話をしたことがなかった。

だから、やはり、なのだろう。

「……はい。あのクリフォード様、私と私の家族の話を聞いていただけますか？」

「もちろんだ」

躊躇《ためら》いなくクリフォード様が頷いてくれたことに、ほっとする。

「……だが、ここでは話しにくいだろう？」

まだ城下町で、人込みの中に私たちはいた。

「そうですね。あそこがいいです」

「あそこ？」

「はい。私たちの秘密基地です」

……ああ！　とクリフォード様は頷いた。

「わかった」

城下での暮らしを学ぶために、クリフォード様が住んでいた部屋。

ダリウス殿下とお別れした場所でもあるけれど、私にとってはそれ以上にクリフォード様の存在をそばで感じられる場所だった。

二人で手を繋いだまま人込みを抜け出し、風景に溶け込むように存在する扉の前へ。

古ぼけた鍵で、クリフォード様が扉を開ける。

そこには、二人が城下で集めた様々な思い出が詰まっていた。……クリフォード様と一緒に描いた絵。二人が綺麗だと思って買ったシェードランプ。たまには読書もいいかも、と買った本の山……など。

そんなたくさんの思い出たちが目に入って、胸がじんわりと温かくなる。

「クロア」

「ありがとうございます」

クリフォード様が椅子をひいてくれたので、その椅子に座る。クリフォード様は、向かい合うようにして座った。

クリフォード様は、穏やかな瞳で私を見つめて、私が話し出すまで待ってくれている。

だから、私は緊張せず話すことができた。

私と、私の家族のことを。

――私はサーランド公爵家の長女として生を受けました。

貴族の中でも高位に入るサーランド家に生まれた私は、けれど、あまりおしとやかな女の子ではなかったようです。

それどころか、家族の中では、『じゃじゃ馬姫』と呼ばれていました。

でもそう呼ぶときの家族は、とても優しい顔をしていて、ちっとも嫌じゃなかったんです。

……その中でも特に、お父様は私を可愛がってくれました。

お父様はいつも言っていました。

『愛しているよ、私の可愛い娘』

口に出して直接愛を伝えてくれたのはお父様だけだけど、他の家族からも愛されて育った自覚はあります。

……けれど。聖女サナをいじめたという噂が流れるようになって、私たちの関係は変わりました。

次第に目が合わなくなって、笑いかけられもしなくなって。

そして、最後には――

『お前なんか、育てなければ良かった』

そう言われて、ぶたれました。

「……と、いうのが私と私の家族の話です」

あまり楽しい話じゃなかったわよね。

「ごめんなさい、クリフォード様」

「なぜ？」

「いや、つまらない話をしてしまったなって……」

私がそう言うと、クリフォード様は微笑んだ。

「私が聞きたかったんだ。だから、クロアが謝る必要はないし、そもそも君に関わることでつまらない話なんかない」

「……クリフォード様」

「話してくれて、ありがとう。クロア」

……なんて優しい人だろう。この人を、好きになって良かった。

もう、何度目かはわからないけれど、そう思う。

「君は、とても悲しい思いをしたんだな……」

クリフォード様はいたわるような眼差しを私に向ける。

「だったら、無理に会う必要はない。ただ、君を育ててくれた感謝を伝えたかっただけだから」

……でも。

でも、本当にいいのかな、このままで。

いつでも里帰りしていい——それはもしかしたら、私の家族からの精いっぱいの歩み寄りかもしれなくて。

「クロア？」

黙り込んだままの私を、心配そうにクリフォード様が見つめた。

「クリフォード様」

「どうした？」

私もそっとクリフォード様を見つめ返した。

「以前、新婚旅行に連れていってくださるとおっしゃっていましたよね」

「……ああ。もちろん、覚えている」

私たちは結婚しているけれど、本当の夫婦になったのはそんなに昔の話じゃない。つい、半年前のことだ。

だから、私たちはまだ新婚旅行に行けていなかった。

今から提案しようとしていることを、もう一度、頭の中で考えてみたけれど、やっぱりこれが一番いい気がした。

「新婚旅行は、私の祖国イグルスに連れていっていただけませんか？」

クリフォード様は驚いたように目を見開いたあと、微笑んだ。

「クロアがそう望むなら」

滞《とどこお》りなく準備は進み、気がつけば新婚旅行出発当日になっていた。

隣国であるイグルスに向けて、がたごとと馬車が揺れる。

「……クロア」

クリフォード様が私の手を握り、優しく名前を呼ぶ。

「はい」

「私は、君が大切だ」

知っている。そう確信できるほどの愛を、クリフォード様は注いでくれたから。

「私も……クリフォード様のことを大切に想っています」

あなたのおかげで、またひとつ、変わろうとするほどに。

「君は、もう一人じゃない。一人にさせない」

クリフォード様の紫水晶の瞳は、どこまでも強い意志を秘めていた。

ふ、と肩の力が抜ける。

家族に会ったらなんて言おうとか、どんな顔をすればいいんだろうとか、そういう諸々が全部吹き飛んだ。

だって、私には、この人がいる。

だから、怖いことなんて何もないわ。

「ありがとうございます、クリフォード様」

クリフォード様の手を握り返す。

そうして身体をそっとクリフォード様に預けた。

今回の旅程は、クリフォード様がほとんど決めたので、私はあまり知らない。

家族のことで頭がいっぱいで他のことは考えられなかったから、正直助かったわ。

ただ、私の家族……サーランド公爵家の面々に最初に会うことは知っている。だから、こんなに緊張していたのだ。

目を閉じながら、どくどくと鳴るクリフォード様の鼓動を聞いていると、眠くなってきた。

「クロア……おやすみ」

緊張が緩んだせいか、とても眠い。

クリフォード様のその声を最後に意識を手放した。


「……クロア」

優しい声で、目を覚ます。

……馬車が止まったみたいだ。

窓の外を見ると、かつて見慣れた光景……私の実家であるサーランド公爵邸があった。

今回の旅行は非公式のもので、家族だけには訪ねることを事前に連絡しているけれど、他には伝えていない。護衛もルィードをはじめとした、影の面々がしてくれていた。

出迎えはいらないと伝えているので、周囲に家族の姿はない。

クリフォード様のエスコートで、馬車を降りる。

途端に懐かしい花の香りがした。私がかつて好きだった、アネモネの香りだ。

……まだ、植えてあったのね。

「っ！」

香りと共に様々な記憶も蘇《よみがえ》る。お母様と一緒に花冠を作ったこと。お父様が淹《い》れてくれた甘いミルクティーの味。頭を撫《な》でてくれた兄様の手の温かさ。

その記憶をひとつひとつ噛み締めるようにしながら、ゆっくりと門をくぐる。

来客用のベルは鳴らさず、玄関の前に立った。

最後にこの扉を開けたのは、一年前くらいのことのはずなのに、もっとずっと昔のことのような気がする。

「クロア」

立ちすくむ私の手を、クリフォード様が握ってくれた。

そうだ。私はもう、一人じゃない。

すぅ、と大きく息を吸い込み、吐き出した。

そして、ゆっくりと扉を開ける。

すると——

「おかえりなさい」

そう言ってホールに立っていたのは、お母様、お父様、兄様だった。

その表情は、かつて、私が当たり前のように見ていた、慈《いつく》しみの表情で。

「……っ、ただいま」

◇◇◇

「……もう少しゆっくりしなくて、良かったのか？」

「はい。クリフォード様、私の我儘《わがまま》をきいてくださり、ありがとうございました」

家族には、たくさん謝罪をされた。

でも、家族の意思が全てじゃないことはわかっていた。

それでも、なかなか会う気になれなかったのは、悲しかったから。

信じていた家族に侮蔑《ぶべつ》の目を向けられるのは、強制力が働いているとわかっていてもとても悲しかった。

……でも、会えて、良かった。

これで、私は、やっと本当の意味で前に進めると思うから。

「我儘《わがまま》なんかじゃないさ。私も君のご家族に会いたかったんだ」

そう言って微笑んでくれるクリフォード様は、どこまでも優しい。

「そういえば、このあとはどうするんですか？」

仕事が忙しくて、一泊しかこの国に滞在できないのは聞いているけれど。

まだまだ、時間はある。

「……ああ」

クリフォード様は、がたごとと揺れる馬車の中で、私を見つめた。

「君に、初めて出会った日」

「……？　はい」

初めて出会った日。それは、すなわち、結婚式の日だ。

「私は、とてもひどい態度を君にとった」

「でも、それは……」

何度も、謝罪をもらった。

「いや。……あのときに、私がもっと君に寄り添えていたら、と今でも思う。でも、過去にはどれだけ望んでも戻れない」

「……はい」

「だから――」

そこで、ちょうど馬車が止まった。

「行こうか」

クリフォード様にエスコートされて、馬車を降りる。

目の前に広がっていたのは、一面の花々に囲まれた白い教会だった。

「ここって……」

「君が以前、この教会のことを話してくれただろう？」

確かに……クリフォード様と本当の夫婦になってから、故郷の話を聞かせてほしいと言われ、その際にこの教会の話もした。この教会は、私の祖国の女の子たちの憧れの場所なのだと。

「でも、ここはほぼ毎日結婚式の予定で埋まっているはずじゃ……」

そのはずだ。でも、今日は私たちの他に誰も見当たらない。

「そこはまぁ、私の甲斐性を見せたくて……と言いたいところだが、ルィードがなんとかしてくれた」

ルィード、万能な影すぎるわ！

「……ふふ」

ルィードの得意げな表情を想像し、思わず笑う。

「さぁ、クロア。こちらへ」

「……はい」

教会の中も、季節の花でいっぱいだった。

大きな祭壇の前まで行くと、クリフォード様は微笑んだ。

「クロア」

「はい」

「私と夫婦になってくれて、ありがとう」

クリフォード様の銀の髪は、ステンドグラスから差し込む光で、きらきらと輝いていた。

「私のほうこそ、ありがとうございます」

あなたがいたから、今の私がある。

「病めるときも健やかなるときも。いつ何時《なんどき》だって、壊れない愛を君に誓う」

「……壊れない、愛」

いつか、カミラも言っていた。変わらないものはないけれど、壊れない愛はあるのだと。

あなたとなら、そう、信じられる。

「どんなときだって、あなたを支え、愛することを、あなたに誓います」

神様には誓えない。もっともっと私にとって、重くて大切な、あなたに誓いたいから。

ゆっくりと、クリフォード様の顔が近づく。

花の香りを感じながら、私もそっと目を閉じた。

――鐘の音が鳴り響く。

その音色はどこまでも、澄んでいた。

◇◇◇

「いやぁ、楽しかったですねー、新婚旅行」

心底嬉しそうに、あの教会に立っている私たちの絵姿を眺めながら、ルィードが言った。

その絵は、もちろん、なんでもできる万能影こと、ルィードが作成したものだ。

……ルィードったら、本当に優秀なのよね。

あのあと、ルィードも姿を現した。

『陛下は、どうやら、結婚式でおざなりな愛の誓いをしたことを気に病んでたみたいでして。そこで、私も頑張らせていただきました。あ、王妃様、もう少し、こちらを向いていただいて。そうそう。いい感じです』

とかなんとか言いながら、素早く筆を動かすルィードの姿は圧巻だった。

ルィードはあれからも個人的に絵画教室に通っていたみたいだ。

「そうね、次は、ルィードとカミラの新婚旅行かしらね」

「お、王妃様!?　どこで、それを……。って、いや、私とカミラはそんな間柄では」

「あら。カミラから聞いてるわ。

もちろん、カミラにそのまま伝えるわよ」

「そ、そそそそれだけは、ご勘弁を！」

珍しく焦った顔をしたルィードに笑う。

「……ふふ」

「ご機嫌だな」

自室で、ルィードと話していると、クリフォード様がやってきた。

空気の読めるルィードは途端に、さっと、姿を消す。

「はい。ご機嫌です」

ご機嫌な理由は、実はルィードのことだけじゃなく、もうひとつある。

「だって——未来が楽しみなんです」

「未来が？」

不思議そうな顔をして、まぁ、それはいいことだな、と曖昧《あいまい》に苦笑したクリフォード様に微笑んだ。

「はい。今度は、私の実家に三人で行ってもいいですか？」

「ああ。そうだな、三人で……え？　……は？」

ぱちぱちと瞬《まばた》きしたあと、クリフォード様は顔を真っ赤にした。

「……本当に？」

「ふふ。本当です」

ふんわりと割れ物を扱うように柔らかく抱き締められる。

——愛される、お飾りじゃない王妃の物語は、まだまだ始まったばかりのようだった。

この作品に対する皆様のご意見・ご感想をお待ちしております。

おハガキ・お手紙は以下の宛先にお送りください。

【宛先】

〒150-6019 東京都渋谷区恵比寿 4-20-3 恵比寿ｶﾞｰﾃﾞﾝﾌﾟﾚｲｽﾀﾜｰ 19F
（株）アルファポリス　書籍感想係

メールフォームでのご意見・ご感想は右のＱＲコードから、
あるいは以下のワードで検索をかけてください。

アルファポリス　書籍の感想　検索

ご感想はこちらから

本書は、「アルファポリス」（https://www.alphapolis.co.jp/）に掲載されていたものを、
改稿、加筆のうえ、書籍化したものです。

愛《あい》されない王妃《おうひ》は、お飾《かざ》りでいたい

夕立悠理（ゆうだち ゆうり）

2024年　2月　5日初版発行

編集－塙 綾子
編集長－倉持真理
発行者－梶本雄介
発行所－株式会社アルファポリス
〒150-6019 東京都渋谷区恵比寿4-20-3 恵比寿ｶﾞｰﾃﾞﾝﾌﾟﾚｲｽﾀﾜｰ19F
TEL 03-6277-1601（営業） 03-6277-1602（編集）
URL https://www.alphapolis.co.jp/
発売元－株式会社星雲社（共同出版社・流通責任出版社）
〒112-0005 東京都文京区水道1-3-30
TEL 03-3868-3275
装丁・本文イラスト－鶏にく
装丁デザイン－AFTERGLOW
（レーベルフォーマットデザイン―ansyyqdesign）
印刷－中央精版印刷株式会社

価格はカバーに表示されてあります。

落丁乱丁の場合はアルファポリスまでご連絡ください。

送料は小社負担でお取り替えします。


ISBN978-4-434-33355-2 C0093